WITHDRAWN
UTSA LIBRARIES
CÁNDIDA, OTRA VEZ

BIBLIOTECA DE ESCRITORAS

CONSEJO EDITOR
Elena Catena
Marina Mayoral
Amparo Soler
Matilde Vázquez

MARINA MAYORAL

CÁNDIDA, OTRA VEZ

Edición, introducción y notas
de
GERMÁN GULLÓN

EDITORIAL CASTALIA
INSTITUTO DE LA MUJER

Copyright © Editorial Castalia, S.A. 1992

Zurbano, 39 - 28010 Madrid - Tels. 319 89 40 - 319 58 57

Cubierta de Víctor Sanz

Ilustración de la cubierta:

© VISUAL E.G.A.P. 1992

Autor: Georgia O'Keeffe

Lámina n.º 29 (Series I, n.º 4, 1918)

Impreso en España, Printed in Spain

por Unigraf, S.A. (Móstoles) Madrid

I.S.B.N. 84-7039-635-8

Depósito Legal: M. 5.233 - 1992

SUMARIO

Introducción

E l debut de Marina Mayoral (Mondoñedo, Lugo, 1942) en la narrativa española, realizado con *Cándida, otra vez* (1979), se celebró con pronósticos favorables. La novela recibiría un importante galardón (2.º premio de la 1.ª Bienal de Ámbito Literario), y sus reseñadores (Manuel Cerezales, Carmen Martín Gaite, y Florencio Martínez Ruiz, entre otros) coincidieron en aplaudir la calidad de la muestra. Una década larga después las novelas suman cinco, más dos novelas cortas, y un libro de cuentos; los premios contabilizan otros cuatro. Además, conviene destacar que *Chamábase Luis* (1989), última entrega en novela, fue escrita directamente en gallego, al igual que la novela corta *O reloxio da torre* (1988); *Contra muerte y amor* (1985) se tradujo en seguida al idioma galaico, mientras *Plantar un árbol* (1980), el estreno en novela corta, fue vertida con el título *Unha árbore, un adeus* (1988). La escritora mindoniense figura, por lo tanto, en la línea de autoras, como Rosalía de Castro y Emilia Pardo Bazán,[1]

---

1. Concha Alborg ha observado que ambas novelistas son además a las que Mayoral dedica mayor atención en su obra crítica. Consúltense sus ob-

quienes desarrollaron sus talentos artísticos en los círculos del castellano y del gallego.

La orla del párrafo anterior enmarca una ficción directa, escrita en un lenguaje sencillo, accesible al lector sin demasiadas interposiciones técnicas. Mayoral no persigue, en palabras de Antonio Valencia, "otro preciosismo estilístico que el de la precisión de su economía narrativa".[2] Es una escritora de corte realista, sin que deba entenderse el adjetivo con la pobreza connotativa asignada al istmo por las recetas del mero mimetismo o las estrecheces señaladas por los experimentalistas. Sucede que le gusta contar conforme al estricto canon de sostener la atención del lector. Cuantos se asoman a sus páginas descubren también una inclinación a incorporar lo mágico, el misterio, incluso lo extraño y lo marginal, con lo que la realidad queda representada en su dimensión cotidiana y en la suprasensible.

Las novelas entrañan una recreación de lo español en el último tercio del siglo XX, visto desde los entrehuecos ofrecidos por un panorama social donde los privilegios de la alta burguesía han sido asimilados por la clase media nacida con la democracia. El trasvase de derechos, la exigida hermandad cívica sigue siendo un litigio abierto en la sociedad actual, aunque predomine un estado legal, sobreseída ya la estructura dominante durante la dictadura, de cuando el origen familiar, la religión, y el partido político asignaban la posición ante la ley. En cierta medida, esta narrativa ofrece una reflexión en torno a la genealo-

---

servaciones en "Marina Mayoral's Narrative: Old Families and New Faces from Galicia", *Women Writers of Contemporary Spain: Exiles in the Homeland*, editado por Joan L. Brown, Newark, University of Delaware Press, 1991, pág. 179.

2. Tomo la cita del prólogo, titulado "Novela que crece en las manos", que abre *Al otro lado*, pág. 13.

gía individual, a la conformación de los datos que confieren a la persona una identidad.

El discurso novelesco mayoraliano, su diseño del espacio y la creación de los habitantes, elaborados con sensibilidad hacia la evocación de modos y costumbres añejas, preñado de pasiones primarias, pide una audiencia en sintonía con las propuestas textuales. Esencialmente, un manojo de vidas, inscrito en un multifacético texto gira ante nuestra vista, impulsado por los cambios de cuadros, lo que produce en el lector la ansiedad del cierre, que nunca acaba de ofrecerse. Las incógnitas planteadas permanecen sin resolver. El tono amistoso, casi personal de la autora, nos guía por este periplo a través de la conducta humana, de sus avatares amorosos, presididos por la muerte, moviéndose en giros misteriosos. La afabilidad discursiva acoge y protege contra el pesimismo de una vida sin soluciones ni apoyos.

La vocación literaria de Mayoral espigó cuando cursaba los dos primeros años de Filosofía y Letras en la Universidad de Santiago de Compostela. Alternará a partir de aquella época los estudios de crítica literaria y los filológicos —"La espina que fue flor [sobre Concha Espina]"[3] fue el primero— con su faceta creadora. Al principio los esfuerzos creativos se encaminaban hacia la lírica, según sabemos gracias a la diligencia de Carmen Blanco, quien ha publicado aquellas poesías de los comienzos, apuntando con acierto[4] que la narrativa posterior aparece bosquejada en esta 'prehistoria poética', tanto a nivel temático —el dolor, la soledad, el amor—, como en cuanto a la actitud sentimental, a la sensibilidad manifiesta por los textos.

3. Aparecido en *El Progreso*, de Lugo el 28 de junio de 1958, cuando la autora tenía quince años.
4. *Literatura galega da muller*, Vigo, Xerais, 1991, pág. 351.

La época de estudiante en Santiago resultó clave, porque allí se inició en la escritura al lado de compañeros como Arcadio López Casanova, y bajo la infatigable tutela del gran galleguista Ramón Piñeiro. El interés por la literatura la lleva a trasladarse a Madrid, donde se licenciará en Filología Románica, escribiendo una tesis doctoral dirigida por Rafael Lapesa, sobre la poesía de Rosalía de Castro. Y un dato significativo: se diplomará posteriormente en Psicología. En la actualidad enseña literatura española en la Universidad Complutense de Madrid, de cuya Facultad de Filología es Profesora Titular.

1. La escritora y su generación

La Galicia de posguerra marcó a Marina Mayoral. Lo mejor y destacable de su creación revela el raigón natal. La sociedad de los años cincuenta y sesenta, tan semejante en Galicia y las Asturias, con su señorío, antiguo, de ahora o de origen indiano, le sirve de matriz. Las maneras afeudaladas de los ricos, propietarios de tierras o miembros de profesiones privilegiadas (médicos o jueces), constituyen el marco de referencia preferido. La Iglesia y la Guardia Civil puntales del franquismo desempeñan un escaso papel, casi imperceptible, quizás porque las imposiciones, dictatoriales, o de distinto cuño, existían desde antaño, bastante antes de que el general Francisco Franco retrasase de nuevo el reloj de la historia nacional. El poder de la tradición con sus excelencias y miserias, en resumen, supone el tema, la obsesión con y contra la que escribe la escritora gallega.

Mondoñedo, Lugo y Santiago, fueron los lugares donde dio sus primeros pasos escolares, el bachillerato, cuyos últimos años cubrió en Lugo, y los dos cursos de comunes realizados en la Universidad de Santiago de Compostela,

10

por entonces la única de la actual Autonomía. Allí observó y vivió el ambiente de una España en transición, de una sociedad y de una cultura regidas por los valores surgidos en un país predominantemente rural cuando éste se urbanizaba con celeridad. La expansión económica empezaba a ofrecer oportunidades a quienes en épocas anteriores hubieran quedado relegados a los oficios de sus mayores, peones o caseros de tierras de labranza. La sociedad española de los años sesenta y setenta necesitó gente preparada para ocupar los cargos creados por una economía moderna, y la clase media tradicional resultó una cantera insuficiente.

El ambiente social para una estudiante de Letras resultaba de lo menos solícito. Junto a las represiones generadas por el medio, la censura oficial, barrera levantada ante amplios sectores del pensamiento, la sociedad se regía por toda suerte de tabúes, desde el sexual,[5] escamoteador del proceder biológico natural, y que complejizaba las relaciones entre el hombre y la mujer, encauzando la conducta de seres perfectamente normales por vericuetos artificiales, hasta el clasismo y las discriminaciones, basadas en la disparidad económica. La mezquindad personal, la falta de higiene, y tantas y tantas lacras, caracterizaban una sociedad sin horizontes.

El escritor a la hora de insertar su mundo en el devenir cultural español tenía, como en épocas anteriores, dos opciones principales, una era mirar hacia el exterior, recordando que la nuestra era una circunstancia peculiar y no una condición humana, o de fijarse con la vista vuelta atrás a cuanto el presente conlleva del ayer, de momentos de mayor libertad, de creatividad humana. Esta es la opción

5. Carmen Martín Gaite, *Usos amorosos de la postguerra española*, Barcelona, Anagrama, 1989.

mayoraliana, la posibilidad de trascender el momento que le toca vivir, descubriendo las líneas culturales de fuerza que atraviesan el hoy, que lo estabilizan al situarlo en un contexto de mayor amplitud que la mera situación política.

Del hundimiento en la desesperación callada de los personajes que pueblan *Nada* (1945), de Carmen Laforet, a los gritos contenidos de los de *El Jarama* (1956), la novela escrita por Rafael Sánchez Ferlosio, dos frutos de la realidad opaca de la primera posguerra, cuando las alternativas resultaban impensables, se pasó en la novela española a reconstruir una posible identidad, distinta de la que se suponía debía poseer el español en la época franquista, y de la que ha quedado como emblema *Tiempo de silencio* (1961), de Luis Martín Santos. Marina Mayoral pertenece a un tercer momento, cuando es posible ofrecer una imagen alternativa a la oficial, y ésta aparece ya totalmente degradada. Es el momento cuando más que una confrontación con los condicionamientos políticos, el personaje representado se enfrenta con los culturales.

Cuando apuramos el año 1991, la situación de las novelistas españolas aparece en un claro pie de desigualdad con la de los escritores varones, y pienso sobre todo en la generación de Mayoral. Carmen Laforet, Ana María Matute, Carmen Martín Gaite, o Mercé Rodoreda entre bastantes han recibido el reconocimiento debido, aunque a menudo en homenajes, llenos de reconocimientos y aplausos, de mucho aire. Se suele contar con ellas más por lo que representan que por lo que son y las hacen sus obras, y aparecen casi siempre de complemento. Quizás quepa desgranar alguna excepción, y nombro a Carmen Martín Gaite para confirmar la regla.

Cuestión fundamental la aludida, porque las mujeres, se llamen Lourdes Ortiz, Carme Riera, Esther Tusquets, Soledad Puértolas, Elena Santiago, Paloma Díaz-Mas,

Cristina Fernádez Cubas, Clara Janés o Marina Mayoral, han aportado al panorama novelístico toda una extraordinaria gama de conductas humanas, de respuestas al entorno que permite comprenderlo mejor. *La plaça del diamant* (1965), de Mercé Rodoreda, lleva un epígrafe del novelista inglés Meredith que reza así: "My dear, these things are life"[6] (Mi amor, estas cosas constituyen la vida). Opino que Rodoreda utiliza el encabezado porque su narración presenta a una mujer normal en circunstancias corrientes (difíciles), y la obra las cuenta con una naturalidad sumamente efectiva. El epígrafe sirve de emblema a la labor desempeñada por la narrativa femenina, el recrear la vida española de nuestros tiempos, dejando testimonio de ella. Por supuesto que escritoras como Díaz-Mas y otras orientaron su creatividad por caminos distintos, pero eso en vez de invalidar mi impresión, indica la variedad de posiciones. Y lo digo por el marcado contraste con la mayoría de los novelistas varones, muchos de ellos exprimen todavía las magias del Laberinto mientras cosechan las regalías de un panorama cultural oficializado que distorsiona las prioridades.

2. La obra novelística

Cándida, otra vez inaugura la narrativa de Mayoral mostrando un estilo autorial fuerte. La novela revela asimismo un universo original, construido a base de materiales extraídos de la vida y elaborados con singularidad. Galicia y su capital constituyen el espacio esencial del conjunto —Brétema, ciudad ficticia, reúne rasgos de Santiago y Mondoñedo—. Sólo en *Chamábase Luis* la acción transcurre en Madrid, aunque, en contrapartida, la obra

6. Cito por la traducción española, *La plaza del diamante,* Barcelona, Edhasa, 1982, pág. 5.

se escribió en gallego. Brétema, como Vetusta (*La Regenta* [1985], de Leopoldo Alas), y Orbajosa (*Doña Perfecta* [1876], de Benito Pérez Galdós) o Marineda (*La Tribuna* [1882], de Emilia Pardo Bazán) es una ciudad donde se dirime abiertamente y en versión de la postguerra civil el contencioso histórico entre lo nuevo, la concepción del mundo emanada del pensamiento racionalista y de los logros respecto a los derechos humanos y las obligaciones sociales conseguidos merced a la Revolución Francesa, y la situación del denominado Antiguo Régimen, en que los mitos, la religión, y las prebendas aristocráticas siguen imponiendo su poder en nombre de la tradición.

Una extensión de Brétema surge en Castro d'Ouro, el pueblo de veraneo de las familias adineradas. Los niños de la ciudad entran allí en contacto con los hijos de los pescadores y de los obreros, relación que sanciona la superioridad de los primeros. Quienes desde la cuna tienen resueltos los problemas de la subsistencia, el prosaico trabajo de ganar el pan diario, pueden dedicarse a tareas de mayor rango, al ejercicio de un código de conducta, del honor, en que el arrojo, la valentía, las dotes de mando gozan de un prestigio superior a las habilidades de cualquier maña u oficio. Los veraneantes, capitaneados por Cándida y sus primos del clan Monterroso de Cela desafían, en una acción simbólica, a la misma naturaleza, cuando juegan en unas cuevas del mar que se inunda con la marea. Su juego consiste en esperar al comienzo de la marea alta y entonces desalojarlas, exponiéndose a perecer ahogados. Tal desdén al peligro proviene de una actitud exenta de valentía, emana del arrojo de la ignorancia; ningún conocedor de la mar osaría desdeñar la fuerza de sus mareas, ya que la voluntad humana por fuerte que sea nunca consigue dominarla.

El espacio lo constituyen, por tanto, ámbitos urbanos y

14

rurales regidos por costumbres ancestrales. En cada novela aparece una familia dominante; en *Cándida,* recién lo mencioné, se apellidaban Monterroso de Cela, y su linaje entronca con el Mariscal don Pedro Pardo de Cela, allá por la época de los Reyes Católicos. Poseen una marca física distintiva, pertenecen al "biotipo clásico: alto, rubio, ojos verdes" (pág. 47). Vienen dominando a generaciones de servidores con una suerte de paternalismo feudal, recibiendo el fruto del trabajo a cambio de cuidar de sus necesidades. Les exigen una fidelidad ciega, el reconocimiento de su estatus privilegiado, sin excluir el derecho de pernada. Los Monterroso de Cela emplean toda suerte de recursos a fin de contener el contagio del igualitarismo, de desequilibrar la labor hilada en el cañamazo de la tradición por años de ignorancia y de superstición.

La acción viene focalizada por Pedro, el abogado laboralista, convaleciente de un infarto de miocardio, que corre a Cándida cuando ésta le pide ayuda con un engorroso asunto familiar, en el que su participación roza la impropiedad e incluso lo criminal. Pedro tiende un puente entre los hechos, las relaciones de Cándida con un joven, Manuel Fernández Loureiro, posiblemente un hermano suyo o el hijo del esposo, hallado cadáver en circunstancias poco claras, y la propia protagonista, valiéndose de los diversos puntos de vista aportados por los testimonios variados, cartas, conservaciones con amigos, recuerdos, que conoce. El texto resultante está a caballo entre el retrato personal, teñido por el afecto del amigo, y la búsqueda de la verdad del caso. La multiplicidad de perspectivas y la visión de los personajes efectuada desde dentro, con el afecto de la amistad o del amor, y desde fuera, como si el asunto fuera un caso a resolver, son características compositivas de *Cándida* y del resto de la producción.

Al otro lado (1981) comparte con la primera entrega,

según dice el antemencionado Antonio Valencia, "una comunidad de raíz galaica —feudalismo, misterio, leyenda— que están presentes y de modo egregio en Valle-Inclán [...] Existen en ellas personajes comunes que afirman un parentesco hasta llegar a perfilar relieves de la trama precedente, que dan fe de la decidida voluntad de identificación del mundo narrativo que bulle en la mente y en la sensibilidad de la autora, y hasta del corte social que le interesa reflejar como propio en su creación".[7] De Santiago la acción se traslada a Madrid, y aunque los personajes siguen relacionados con la alta burguesía gallega, el mundo de la capital, el de Pedro, que aquí reaparece, de la vida moderna en una ciudad son los predominantes. La utilización de diversos puntos de vista, en los que se alternan variados recursos narrativos, desde la narración directa a la auscultación de los pensamientos de los personajes, le permite ir perfilando una extraordinaria serie de personajes, Olga, Silvia, Nati, Alfonso, Willy, el detective privado, Nando. Consigue así un efecto interesante, reduplicar los encuentros y desencuentros habituales en la gran ciudad, e introducir lo privado y el misterio hermanados.

En *La única libertad* (1982) reencontramos el mundo de Brétema, recreado en profundidad y con riqueza de detalles. La familia semiaristocrática se apellida en este caso Silva, y la narradora, Etelvina, la nieta de los personajes principales, las tías Ana Luz, Benilde, y Georgina, trabaja comisionada por las ancianas en la preparación de la historia familiar. Cometido que desempeña acumulando cuantas versiones allega referentes a las vidas de los miembros del clan, estampadas con el sello del amor y el de la muerte, en un vaivén que roza lo trágico.

Etel nunca concluirá *La historia de la Braña*. Al fin sólo

7. Del prólogo citado en la nota dos, pág. 10.

quedan las notas de los informantes, cartas, historias paralelas, con los que pensaba redactarla. No obstante, leemos este mosaico de textos aunados por un complejo argumento de inesperadas relaciones amorosas, de in-comprensiones, del azar con que los seres humanos se en-lanzan unos con otros, de la fuerza de la pasión. En el centro mismo del texto, en su honda intimidad se oculta el misterio mismo de la narradora, quien desconoce a su pa-dre, y sólo al final se entera que es un hermano materno, el tío homosexual que la educó con el mayor cariño del mun-do. De nuevo, Mayoral resuelve en el seno del personaje cuyas entrañas conocemos mejor el misterio del origen.

Contra muerte y amor, organizada en forma de cuadros contiguos, acaba dominada por la presencia de Lita Mon-terroso, prima de Cándida, y la encargada de la gestión de los negocios familiares. Al igual que en las narraciones anteriores, encontramos una sucesión de historias persona-les que en su conjunto iluminan la acción principal desde diversos ángulos. Tras el narrador en tercera persona, domi-na una focalización, la mirada de María García Novoa (Es-me). Un personaje que acaba inmunizándose a la atracción de los Monterroso, los Silva, o los Fernández de Andeiro, y lo consigue casándose con un joven de buena familia de Brétema, del que luego se divorcia por considerarlo ina-decuado. Esme, la hija del Tundas, el ex boxeador de La Tolda, campeón de Europa en sus tiempos, triunfará en el mundo profesional, destacándose como abogada.

Trenzada con esa historia se cuenta la de Black Fráiz, el joven que desea llegar a campeón del mundo de boxeo, con la intención de comprar una casa para su indigente abuela y de casarse con Cristina Fernández de Andeiro. Este doble propósito recuerda la interrelación existente entre el mundo de los ricos, de quienes se vale para co-menzar su carrera, de Georgina (de *La única libertad*) y su gimnasio, quien lo envía a Madrid a entrevistarse con María, para que ésta lo encamine en el mundo del pugilismo. Él quiere subir, ganar dinero, y casarse con una Fernández de Andeiro.

Los orígenes de Black Fráiz resultan oscuros; la apariencia recuerda a los Villaurín. La protección del prohombre de Brétema, Carlos Villaurín confirma el lazo de bastardía, y quizás la herencia explique las repentinas pérdidas de sentido, ensombrecedoras de su futuro pugilístico. El personaje, por lo tanto, no es dueño de su intimidad, porque en ella se halla un arcano del que desconoce la clave. Ese es el misterio que ensombrece el propio sentir, dependiente siempre del otro, de las circunstancias con que nos acoge al nacer.

Chamábase Luis, la última novela, cuenta la historia de un drogadicto de su familia, y de cómo la vida de un hijo afecta, llega a destruir la vida de la madre. Un relato entrañable, en que Marina Mayoral explora un mundo distinto, el de una modesta asistenta, empleada en casa de una profesora de letras de la universidad, novelista, cuyas señas de identidad recuerdan las de la autora. Escrita en gallego, sigue la misma pauta técnica de las precedentes, tanto a nivel técnico como de sensibilidad discursiva, la manera con que se construye el espacio y sus relaciones con los personajes. Lo destacable me parece el giro en el ámbito social, que supone un cambio en su trayectoria.

3. *Cándida, otra vez*

a. El trasfondo cultural

Los escritores del noroeste peninsular comparten un rasgo cultural: la vocación de mezclar lo impalpable con

elementos de la cruda realidad. Emilia Pardo Bazán re-
creó en sus universos literarios el lado misterioso del ser
humano, aquel que permite sintonizar con la superchería
y lo inescrutable o vivir consumido en el fuego de la fe
religiosa. Ramón María del Valle-Inclán allegaba en sus
prosas poéticas de las *Sonatas* el amor romántico con el
imperioso mandato del deseo carnal. Coincidentemente,
los críticos de las letras hispanoamericanas manejan el tó-
pico del realismo mágico para explicar el sentido de la
realidad representada en las páginas de ciertos escritores
del boom. No me refiero a eso, ni digo que los escritores
españoles vean ocurrencias mágicas a su alrededor. Aludo
a que sus textos reflejan una realidad cultural, la de un
entorno donde aún perviven la verdad proviniente de an-
tiguas creencias. El hombre domina sus aledaños, su entorno existe regido por las normas y tabúes heredados,
ajeno a toda explicación teórica aprendida en los libros.
Ese mundo recibe la proyección del hombre y no al revés.

Pío Baroja y Miguel de Unamuno son novelistas de signo contrario al de Pardo Bazán y Valle, por cuanto decidieron situar la acción y sus seres inventados en la ciudad
(*El árbol de la ciencia* [1911], *Niebla* [1914]) y por la importancia que concedieron al componente intelectual. Sus
personajes se hacen mediante un debate permanente con
las teorías filosóficas del momento (Nietzsche, Shopen-
hauer, Kierkegaard), buscando en la ideación una espina
dorsal, el norte que satisfaciese las exigencias del yo íntimo. Tales personajes fueron tachados de pesimistas;
cuando el débil soporte de las ideologías se les venía abajo, ellos se desmoronaban, perdiendo el gusto por la vida.

Marina Mayoral se inserta en la primera actitud, como
lo hiciera Miguel Delibes en la generación de los mayores.
Nunca se distancia de la representación novelesca en que
prima lo concerniente al hombre y a su entorno. Sus tex-

tos exhiben hasta un cierto interés etnográfico. La conexión entre los personajes, sus rasgos étnicos y su comportamiento se justifican fácilmente. Y tampoco se malen-
tienda lo dicho pensando que practica un naturalismo *sui
generis,* en que la fisiología de los individuos determina la
conducta. Al contrario, las costumbres y hábitos de los
enclaves sociales y las características físicas de los habitantes conforman un espeso tejido verbal definido por los
perfiles humanos de los personajes. Es un texto denso de
resonancias.

A Cándida, la protagonista, se le reconoce su monte-
rrosía por el pelo rubio, los ojos verdes, y el aire familiar
de autoridad, la arrogancia connatural a los acostumbrados a ser obedecidos. La autora remata el carácter en el
continuo intercambio con gentes de clase social inferior a
la suya, caso de Pedro, el narrador. Los atrae menos por
su ascendencia, y concedo la paradoja, que por la capacidad de ser una Monterroso de Cela cuando el mundo, la
España postfranquista, abolía los privilegios de la hidal-
guía. Cándida actúa como una de la casta y adopta con
éxito actitudes mandadas recoger. Y esa lección, o la
comprensión de ese fenómeno, lo entiende Pedro al conservar con una pacienta en la consulta de Cándida, quien
explica que la doctora ha sabido ganarse a los pacientes
con sus cuidados. Los triunfadores en este mundo son
aquellos que más que ideas o dinero saben alcanzar valores intangibles, quienes crean sus propias normas, como
un personaje de *La única libertad,* Toño el cartero del que
se dice: "Toño llega con la moto a sitios increíbles, cualquier día se pega la gran torta, es un cartero muy particular, porque hacer eso no entra en sus obligaciones, ni mucho menos, pero tiene una especie de sentido de la justicia
o de la solidaridad que no encaja en el mundo 'civilizado';
es otra forma de entender la vida" (pág. 312). El mundo

gallego, incluso de las ficciones localizadas en Madrid, *Al otro lado* o *Contra muerte y amor,* cuentan con protagonistas fuertemente vinculados con el mundo galaico caracterizado por una civilización propia, el aludido trasfondo quasifeudal.

Pedro encuentra muchas dificultades a la hora de explicar a su amante, Herda, la amistad con Cándida, el atractivo que le induce a responder su llamada, abandonando la recuperación del infarto, e interesarse en un asunto oscuro y difícil. Desde la niñez existió un estrecho vínculo; Pedro guarda un desinteresado afecto personal hacia Cándida, la cual gana la voluntad del amigo con una fuerza a la que él nunca se puede resistir, llevándole a responder a cualquier petición con inalterable lealtad.

Resulta curioso que *Cándida,* en consonancia con las restantes novelas mayoralianas, recrea un mundo, una España, una Galicia, en plena transición democrática, cuando la explosión demográfica, el crecimiento económico, y la muerte de Franco abrieron posibilidades ignotas a los individuos de las clases bajas, caso de Pedro, o de Javier, "el Roxo", otro abogado laboralista, de la pandilla veraniega de Castro d'Ouro. Los vemos adquirir estatus social en la novela, entrar en la clase media acomodada. Similar al caso de Pedro, que también aparece en *Al otro lado,* es el de la protagonista de *Contra muerte y amor,* María García Novoa.

En las relaciones uno a uno de personajes de alta burguesía con los de estratos económicos inferiores existe una conexión subyacente: se relaciona con el amor, o con un componente del mismo, el deseo sexual. El estatus social convierte a las gentes acomodadas en objetos de deseo, y parece la mejor avenida para los Pedros o Nolechos, el personaje que en *Contra muerte y amor* chantajea a Lita Monterroso pidiéndole favores sexuales a cambio de unas fotos comprometedoras, de equilibrar la balanza social tras alcanzar el éxito económico y profesional: el poseerlos sexualmente. No obstante, el sexo no permite el acceso a un nuevo estadio de igualdad. Pedro, tras una noche de amor con Cándida regresa a la rutina madrileña, preguntándose por qué ella le concedió una noche de amor (*Al otro lado;* véase el Apéndice del presente libro, donde Pedro se plantea las interrogaciones), mientras Nolecho convalece en el hospital de una paliza ordenada por Lita, por haber roto el pacto de fotos por sexo (*Contra*).

Los casos de María García Novoa (*Contra*) y de Benilde (*La única*) ilustran un aspecto complementario. Ambas mujeres se casaron con vástagos de familias ilustres, las trampillas por donde escapan de los orígenes modestos. Tanto María (Esme) como Benilde poseen un carácter y una voluntad superior a las de sus cónyuges. María, la hija de Tundas, ex campeón de Europa de boxeo, casada con Daniel, un joven de posición de La Rosaleda, pintor sin grandes alientos, triunfa en la vida sin ayudas, llegando incluso a ser una conocida figura de ámbito nacional.

Por otro lado, hay jóvenes de posición enamorados de muchachos modestos, caso de Javier y Marta Castedo en *Cándida* o de Manuel Fráiz y Cristina Fernández de Andeiro en *Contra*. El amor de las mujeres resulta absoluto e incondicional, desconoce todo obstáculo; las dos mujeres mencionadas adoran a sus respectivos hombres. Con ellos parece equilibrarse la balanza, el amor dc los ricos hacia los pobres compensa el de los pobres por los ricos, pero no es así. Marta y Cristina siguen teniendo para Javier y Black un no sé qué, que se extiende más allá de la persona. Ellos ven en sus mujeres la huella del linaje; si no la tuvieran, muy otra sería la historia. Con este planteamiento aparentemente homogéneo se hilvana el estatus social con el deseo sexual, y se constituye en la base de los matrimonios y de las relaciones interpersonales propuestas.

b. La liberación sexual

La mayoría de los novelistas de la generación de los ochenta acentúan al tocar el tema sexual la represión existente durante el franquismo,[8] propiciada por una sociedad amedrentada, bajo la férula de una iglesia inmisericorde con cualquier paso en falso o desvío. Mayoral prefiere, al contrario, subrayar los rastros de comportamiento natural cobijados en la conducta de nuestra postguerra. Los Monterroso de Cela evidencian la pervivencia de libertades sexuales al margen de lo sancionado oficialmente.

Cándida se salta a la torera las normas; su atractivo sobrepasa también lo convencional, proviene de una mezcla de factores físicos y de personalidad. Posee una agradable figura, pelo y ojos bonitos, y, como Pedro recuerda, al menos en dos ocasiones, un busto de buen tamaño. En el trato se comporta con naturalidad; por ejemplo, cuando baila con los chicos nunca hace la palanca para mantenerlos a distancia. Tampoco le importa que la vean del brazo de Pedro, cuando por ir secreteando caminan amigablemente enlazados. Estos indicios la sitúan allende la moralidad convencional; en otro episodio, cuando se dirige a la habitación de Pedro y la patrona del muchacho le echa el alto, ella responde sin inmutarse que es una Monterroso y continúa su camino, dejando sorprendida a la señora,

8. José Manuel García Rey trata el tema de lo sexual en la novela de Mayoral, y lo ve como el "signo visible de los retorcimientos interiores producidos por la educación autoritaria, machista e irracional, que se niega a toda dialéctica", y tomo sus palabras de "Marina Mayoral: la sociedad que se cuestiona en medio de una dudosa realidad", nota aparecida en *Cuadernos hispanoamericanos,* 394, abril, 1983, pág, 215.

a la que terminará aconsejando en asuntos médicos y sentimentales. Hay un rechazo de prohibiciones morales en uso, relegadas por un proceder presidido por la naturalidad.

Mientras Cándida rompe el estereotipo de la mujer española de postguerra, su íntima, Marta Castedo, lo encarna con fidelidad. En la sociedad hispanoburguesa de los cincuenta y sesenta, la mujer desempeñaba en principio los papeles de ama de casa y de madre. El sexo en tales circunstancias iba unido a la reproducción de la especie; la Cándida joven sigue el modelo propuesto, al casarse y tener un hijo, Alfonso. Lo rompe al divorciarse, sin que a continuación busque una recomposición de semejante modelo de conducta. Le conocemos una sucesión de relaciones amorosas, entabladas por la satisfacción físico-afectiva que producen, como el divertido incidente con Adolfo, el marido de la prima Emilia, cuando los pescaron jugando a médico y paciente, mientras se suponía que Cándida le hacía una radiografía. Igualmente, su entendimiento con el bastardo, desconociendo si es su hermano, un sobrino o un primo, indica que el sexo va unido con el placer personal, con la satisfacción de un impulso físico, una necesidad que sacia sin plantearse mayores dificultades.

De hecho, la vida afectiva de Cándida comienza con el noviazgo con su primo y futuro marido, Juan Monterroso de Cela y Villaamil, y que sigue, dijimos antes, un curso convencional, matrimonio y familia. Todo ello contrasta con el final de la novela y su entrega a Pedro, y la denomino así porque ella sorprende al joven cuando le invita a pasar la noche juntos. Este acontecimiento explica el cambio efectuado en la protagonista y deja entrever a las claras lo recién propuesto, que el sexo para Cándida es una actividad de la que ella deriva placer, con lo que desmiente las actitudes tradicionales de su tiempo. Cándida usa al hombre en lugar de al revés, lo frecuente en las relaciones sexuales. En la novela siguiente, *Al otro lado,* Pedro se preguntará por qué ella consintió, sin entender que no era su premio por acudir a la llamada de socorro. La liberación tampoco se plantea a modo de escapatoria al yugo matrimonial. No, Mayoral ha representado una tendencia en auge en la década pasada, la afirmación y derechos de la mujer a la propia sexualidad.

c. Las historias tras la Historia:
   epístolas, recuentos, reportajes

· En cada novela de Mayoral asoma el empeño de contar una historia individual encontrada con la Historia oficial. La actitud desafiante de Cándida resulta emblemática del forcejeo entablado por el individualismo con una sociedad decidida a nivelarlo todo, desde la moda, incluidos los gustos artísticos, adoctrinados por la cultura dirigida de exposiciones y de ayudas oficiales, hasta los sentimientos e ideas, manipulados con la ayuda del hipnotismo colectivo producido por los medios audiovisuales y la devaluación de la palabra escrita.

Un repetido recurso técnico consiste en el empleo de textos informales, una carta, retazos de conversaciones, o elaborados recuentos de episodios, en la composición del texto. De hecho, las novelas vienen narradas por personajes que se valen de una variedad de testimonios. El multiperspectivismo resultante concede valor al testimonio personal, aunque dentro de un conjunto donde se escuchan opiniones contrastantes. En lugar de una pretensión objetivista, las diferentes perspectivas vienen personalizadas, pertenecen a uno de los habitantes del mundo ficticio. Las novelas se alejan tanto del discurso abocado a la objetividad de origen flaubertiano como del de los medios de comunicación, puros transmisores exentos de compromiso con el mensaje, el ojo de cristal de la cámara. Importa reiterar el adjetivo individual, porque indica que las historias plantean una opción vital distinta a la ofrecida por el entorno donde se sitúan.

El conservadurismo de la sociedad española, y de la gallega en particular, desinvita con una fuerte inercia la posibilidad de cambio, de que la sociedad se encarrile por vías alternativas, causando un inmovilismo tendente a anquilosar los brotes renovadores. Mencioné primero que los protagonistas de las varias novelas se enlazan por parentesco directo o noviazgo con las familias prominentes de Brétema, los Silva, los Monterroso, los Andrade o los Fernández de Andeiro. Situación propiciadora del remozamiento, aunque fácilmente neutralizable por la resistencia a lo nuevo de las familias conservadoras. María y Black Fráiz ejemplifican la unión de los de abajo con las familias adineradas. El caso del joven deportista ilustra lo antedicho. Su entrega al boxeo proviene de la ambición de enriquecerse, de conseguir una casa decente para su abuela, y de poder casarse con Cristina, toda una Fernández de Andeiro. Los incontables sufrimientos, los años de dedicación y de recibir golpes son para conseguir un puesto que le permita situarse en una cómoda estación social, y ahí permanecer para el resto de sus días.

Sólo hay un personaje en la misma novela, *La única libertad,* revolucionario de verdad, Nolecho, el periodista, un hombre dedicado a desvelar los desmanes cometidos por la familia Monterroso, sea a través de sus actuaciones en los negocios o en la vida personal. Por desgracia, su compromiso ético con el cambio social hace agua por todas partes; no sólo su íntimo amigo es un joven de buena familia de Brétema, el ex marido de María, sino que chantajea a Lita Monterroso con el mencionado reportaje fotográfico referente a sus relaciones extramatrimoniales, y pide a cambio del silencio acostarse diez noches con la implicada. Nolecho justifica el chantaje diciendo que así el marido de Lita deberá abandonar su candidatura política, dejando el paso a algún candidato más progresista. Razón de poco peso, porque lo que Nolecho quiere son las diez noches de vino y rosas con Lita. Así vemos que la actuación del periodista, a quien en principio pensamos radical, su proceder posterior se queda bastante más acá de cualquier cambio posible.

Pedro, el narrador de *Cándida,* y Javier "el Roxo" son abogados laboralistas, profesión asociada con la transición española a la democracia —el Presidente Felipe González inició su ascenso político en un bufete laboralista de Sevilla. Cuando un grupo de terroristas hace estallar una bomba en el despacho de Pedro, Javier acude solícito a poner orden en los asuntos del amigo, mientras éste se recupera en el hospital. Se entrega con pasión y estilo adquirido en los años de universidad a movilizar la opinión contra los detentadores del poder, ganándose el afecto de cuantos trabajan con él, pues supone una fuente de inspiración, trae como un entorchado olímpico el fuego de la revolución del 1968 a los yupis de los ochenta, cuando la sociedad española, la euroburguesía nacional, dejó de interesarse en revoluciones, dedicándose a disfrutar los goces y las sombras del bienestar del postfranquismo.

Javier está casado con Marta, la sobrina del célebre pintor Ramón Castedo, y ella misma una pintora de buen oficio y de mejor éxito. Gracias a la pintura, si bien distribuida por cauces alternativos (librerías, centros culturales, hermandades, etc.) en lugar de salas de exposiciones, el marido sobrevive y saca adelante su bufete en Brétema. Javier figura de revolucionario en la novela, afiliado al partido comunista, vivía durante sus años de estudiante con compañeros del partido, aunque acaba sucumbiendo de hecho al inmovilismo de la aristocracia burguesa, en la que se inscribe, a pesar de los pesares, mediante su matrimonio. Pedro posee también una veta progresista, evidenciada por el carácter del trabajo y por las características de su vida privada; en el fondo, tampoco desea ningún cambio. La afluencia económica mitiga muchas ansias.

La sociedad española actual permite a quienes estudian acceder a puestos de trabajo antes vedados. Transformación acaecida mecánicamente, aunque los políticos acrediten la prosperidad actual, que alcanza un amplio sector social, a transformaciones ideológicas. En realidad, proviene de que el mundo capitalista genera puestos de trabajo, y la economía de mercado por sí sola realiza los ajustes necesarios en el plan social para su mejor funcionamiento. O sea que Pedro o Javier aportan poco al cambio, el acceso a un estatus próspero se debe menos al esfuerzo que a la evolución social prescrita por el automatismo del mercado. Ellos son sujetos pacientes de tal transformación.

El diseño novelesco, propiciador del uso de la amalgama textual, cartas, diarios, indica la convicción autorial de que la Historia está en las historias.[9] La Historia de los Monterroso de Cela permanece estática, en cambio las historias destapan las mudanzas en las circunstancias particulares, como las del diario publicado por el periódico *La Ilustración* en *Cándida* o las historias de La Braña, recogidas por Etelvina en *La única libertad*.

9. Roberta Johnson habla de que "cada novela es en realidad una serie de cuentos, versiones diferentes y dispares de los mismos incidentes, repetidos infinitamente sin llegar a ninguna versión definitiva". Cito de su artículo "La narrativa revisionista de Marina Mayoral", aparecido en *Alaluz*, 2, otoño 1990, pág. 57.

d. Una novela breve

Las narraciones mayoralianas recuerdan los baúles mundo, encontramos retazos de historias por doquier, fragmentos que adquirirán su protagonismo en textos posteriores o bien se quedan en el limbo del apunte.[10] Cándida figurará en el trasfondo de *La única libertad* firmando un certificado de defunción (pág. 266), y en *Contra muerte y amor* aprendemos de una enfermedad infantil (pág. 258).

Un puñado de críticos conceptuaron *Cándida* como una novela corta, calificación, a mi parecer, inexacta. La duda se origina en la riqueza fabuladora aludida, esas múltiples líneas de acción, y por la limitada extensión, un centenar de páginas, que perfilan una novela donde predomina la sugerencia sobre el desarrollo del argumento. *Cándida* exhibe un carácter poético y sugeridor, porque el discurso narrativo absorbió la realidad al modo que la arena de la orilla recibe la marea, cada frase añade a la acción misma y al trasfondo que la enmarca, y así el conjunto ofrece una extraordinaria densidad. En parte, se debe a que son novelas de personaje. El novelista abocado a las de trama diseña argumentos, se interesa por hacer converger los personajes en las situaciones que confieren sentido al conjunto. Las narraciones de la escritora gallega tienden a

10. Margaret E. W. Jones explica este fenómeno desde una perspectiva paralela, en "El mundo literario de Marina Mayoral: visión posmoderna y técnica de palimsesto", ponencia presentada al Congreso "Spain. Narrative and Essay at the Turn of the Twentieth Century", que tuvo lugar en The Ohio State University, Columbus, Ohio, abril de 1991. Dice así: "Un elevado número de personajes secundarios pululan en las páginas de estas novelas, formando un denso fondo humano, saliendo a veces a primer plano, para cobrar vida por la técnica del esbozo que domina tan magistralmente la escritora. Varios miembros de dos familias provinciales —los poderosos Monterroso de Cela y los Silva— más otras personas tangenciales a su círculo, salen y reaparecen en las páginas de todas estas obras, ensanchando las fronteras de este microcosmos literario para desbordar los límites de una novela y entrar en otra".

expanderse, a abarcar ámbitos distintos, los espacios habitados por diferentes sensibilidades, estatus económico, raíces familiares, o lo que sea.

Castro d'Ouro, el lugar donde veranean los Monterroso y viven los que como Pedro pasan allí el resto del año es un lugar que conocemos, como Brétema o La Braña en *La única libertad,* o La Tolda o La Rosaleda en *Contra,* por adicción, por cómo se sienten unos y otros con respecto a esos espacios, así todo ello guarda unas vibraciones que le otorgan vida y conforman el mundo subyacente de la novela.

e. Novela de intriga, novela negra

Bajo y entre las sugerencias ambientales se esconde siempre una intriga con su poquito de novela negra.[11] A pesar de la escasez de acción, como apunta María Camino Noia,[12] pues el desarrollo de la misma suele ocurrir en la mente de los personajes, subyace siempre un misterio, con el claro aire de un crimen. El bastardo de los Monterroso en *Cándida,* en cuanto comienza a divulgar los secretos familiares recibe una somanta, y al poco aparece muerto en un automóvil. En *La única libertad,* las tías Georgina, Benilde, y Ana Luz, ejercitan sus dotes detectivescas con frecuencia y éxito, tanto que la primera propone abrir una agencia. Nolecho en *Contra* recibe su merecido por incumplir la palabra dada a Lita Monterroso, y acaba en el hospital.

11. Véase el artículo de Phyllis Zatlin, "Detective Fiction and the Novels of Mayoral", *Monographic Review/Revista Monográfica,* 1987, pp. 279-287.

12. Y remito al artículo próximo a aparecer en *Letras Femeninas,* titulado "Claves de la narrativa de Marina Mayoral", que he tenido la fortuna de conocer antes de su publicación.

30

La tendencia hacia la novela negra, y entiendo ésta dentro de los parámetros en que la practica el maestro del subgénero Manuel Vázquez Montalbán, una ficción cuya intriga sirve de soporte a la recreación del bajomundillo urbano, aquél difícil espacio donde los seres a duras penas soportan las penurias socioeconómicas. En *Chamábase Luis* se recrean los efectos de la drogadicción en una familia de clase trabajadora. En *Cándida* hace su aparición el mundo con sus pasiones y condicionamientos radicales de los carentes de fortuna, en como Pablo Monterroso se vale de unos matones para asustar a Manuel. También las presiones ejercidas por los Monterroso sobre el policía Ceilán entran dentro de esa veta. En *Contra muerte y amor* todo el asunto del boxeo, con el entrenador Gildo, el amigo de Black Fráiz, Tito que se liga a un viejo, el mundo del bar de Sebio, todo aquello conforma un ambiente humano sin salidas.

El componente de novela de misterio, detectivesca, y de novela negra permite suspender en el espacio textual a quienes viven sin soportes, a cuantos sobreviven horros de apoyos burgueses, las ayudas familiares, los conocidos en puestos de trabajo importantes, las herencias, etc. A los que sobreviven con la red recogida, el futuro (el vacío) se ofrece como un destino abierto, de escasas esperanzas, y el acomodarse, como hace el Tito, prostituyéndose, resulta justificado. Esta cara de la sociedad presentada por Marina Mayoral contrasta con la vida de los Monterroso, que difrutan de cuantos privilegios hay.

El talento de la narradora gallega reside, en gran parte, en la capacidad de condensar en sus páginas mundos tan distintos, el de la riqueza y el de los indigentes, haciendo contiguos lo que la despersonalización del mundo del trabajo extrañó. Los ricos y los pobres de Castro d'Ouro todavía se relacionan porque el dinero de los primeros viene del campo, de una economía agraria, apenas tocada por la industrialización. Años después, en *Contra muerte y amor*, Lita Monterroso vive en Madrid, y los disturbios en su familia gallega apenas la rozan. Este alejamiento rompe el cordón umbilical existente entre la fuente de los ingresos y los que los disfrutan, despersonaliza el contacto.

La intriga, pues, sirve para entretener al lector, para incentivar su interés, mientras el componente de novela negra le conciencia respecto al presente, con los extraños lazos que los seres humanos urdimos en la sociedad post-industrial, cuando la justicia social, los presupuestos del Estado se quedan cortos para atender a los carentes de raíces en la tierra y sólo han conocido las cambiantes relaciones con los organismos sociales encargados de su mantenimiento.

f. La temática: el amor y la muerte

El tratamiento del amor y de la muerte, los temas predominantes, resume la actitud de la autora hacia su mundo. Las imágenes que afluyen a la pluma, al igual que en ocasiones anteriores, merodean lo orgánico; al comentar las historias la palabra fue sencilla, en el presente apartado se referían a su crecimiento, germinación, y proceso de marchitación. El amor surge en las novelas de Mayoral con una fuerza imparable, capaz de saltar cualquier barrera, incluido el amor entre hermanos (Alberto y Carlota en *La única*). La muerte suele acaecer en circunstancias aparatosas, el bastardo que se estrella, precipitándose por un barranco en un automóvil, sin saber siquiera conducir (*Cándida*), o inesperadas/importantes (Antón do Cañote y Morais en *La única;* la abuela de Black Fráiz en *Contra*).

32

En cualquier caso, amor y muerte vengan como se presenten, siempre acaecen con una inevitabilidad trágica. El destino las ha procurado y así suceden. Afectan principalmente a los inmediatamente implicados, los demás personajes permanecen inmutables. Es decir, el amor y la muerte entrañan circunstancias trágicas con ausencia de dramatismo.

Marina Mayoral ahorra el gesto, las lamentaciones; los personajes cogidos por la pasión se ven arrollados, y poco saben de la inevitabilidad que les conduce a cumplir su destino. Si la muerte se interpone, la asumen con sencillez. El amor lo puede todo; el lazo con el otro, el amado (a) supone la puesta en contacto con la hermandad esencial que acoge al hombre/mujer huérfano en la tierra. Cuando dos seres se entienden parece cumplirse el fin de la existencia, por eso los personajes como Cándida y Pedro se enlazan en la escena final, porque ambos son dos seres insatisfechos, en busca de la mitad esencial, de sentir la fraternidad salvadora. Su breve entrega les permite salvar siquiera por una noche, y cuanto dé de sí el recuerdo, esa horfandad cotidiana de cuantos viven sin amor. Paradójicamente, Pedro marcha a Santiago para ayudar a Cándida, sin embargo la médica ayudará al convaleciente de infarto ofreciéndole una esperanza, la de que existe la posibilidad de hallar el descanso en la unión con el otro.

En conclusión, Marina Mayoral escribe un tipo de ficción rico en esencias; lo natural, los hábitos, las tradiciones, asoman en el entrelineado, confortando al lector, ofreciéndole un mundo que refleja y contrasta con el actual, pues la deshumanización de la vida, aunque representada con crudeza, se suaviza mediante la recontextualización en la obra. El filo cortante de los actos y hechos se muelle en la densidad del mundo cerrado, y nuestro instinto de perduración, de agarrarnos al otro, de sentirnos llenos de vida en el amor, que hace olvidar el inevitable adiós, ofrece una esperanza, de que un suceso, un acto no agota nuestras posibilidades, ni clausura el destino.

GERMÁN GULLÓN

Bibliografía

1. Narrativa

a. Novelas

Cándida, otra vez. Madrid, Ámbito Literario, 1979.
Al otro lado. Madrid, Editora Magisterio Español, 1980.
La única libertad. Madrid, Cátedra, 1982.
Contra muerte y amor. Madrid, Cátedra, 1985.
Chamábase Luis. Vigo, Xerais, 1989.

b. Cuento y novela corta

Plantar un árbol. Orihuela, Caja de Ahorros de Alicante y Murcia, 1981.
Unha arbore, un adeus. Vigo, Galaxia, 1988.
O reloxio da torre. Vigo, Galaxia, 1988.
Morir en sus brazos y otros cuentos. Alicante, Aguaclara, 1989.
"En los parques, al anochecer", El País, 6 de mayo, 1990, incluido en el volumen *Relatos eróticos de mujeres,* Madrid, Castalia, 1990.
"El fantasma de la niña negra", *Panorama,* 24 de setiembre, 1990.
El reloj de la torre. Madrid, Mondadori, 1991.

2. *Crítica literaria* (selección)

a. Libros

La poesía de Rosalía de Castro. Madrid, Gredos, 1974.
Rosalía de Castro y sus sombras. Madrid, Fundación Universitaria Española, 1976.
Análisis de textos (poesía y prosa española). Madrid, Gredos, 1977.
Análisis de cinco comedias. Editado con Andrés Amorós y Francisco Nieva. Madrid, Castalia, 1977.
El oficio de narrar, editora. Madrid, Cátedra, 1989.
Escritoras románticas españolas, coordinadora. Madrid, Fundación Banco Exterior, 1990.
El personaje novelesco. editora. Madrid, Cátedra, 1990.

b. Ediciones

En las orillas del Sar. Madrid, Castalia, 1978.
Los Pazos de Ulloa. Madrid, Castalia, 1986.
Insolación. Madrid, Espasa-Calpe, 1987.
Dulce sueño. Madrid, Castalia, 1989.
La Quimera. Madrid, Cátedra, 1991.

3. *Crítica sobre la obra de Marina Mayoral* (selección)

Alborg, Concha. "Marina Mayoral's Narrative: Old Families and New Faces out of Galicia", inserto en *Women Writers of Contemporary Spain: Exiles in the Homeland,* editado por Joan L. Brown, Newark, University of Delaware, 1989, págs. 179-197.
Blanco, Carmen. "A Galicia mindoniense de Marina Mayoral", en *Literatura galega da muller,* Vigo, Xerais, 1991, págs. 347-363.
Cerezales, Manuel. *"Cándida, otra vez,* de Marina Mayoral", *ABC,* 13 de setiembre, 1979.
Díaz-Mas, Paloma. "Un itinerario por los sentimientos. *Morir en sus brazos", Insula,* 535, julio, 1991.
García Rey, José Manuel. "M. Mayoral: la sociedad que se cuestiona en medio de una dudosa realidad", *Cuadernos Hispanoamericanos,* 394, 1983, págs. 214-221.
Gullón, Germán. "El novelista como fabulador de la realidad: Mayoral, Merino, Guelbenzu", *Nuevos y novísimos,* editado por

Ricardo Bandeira y Luis T. González del Valle, Boulder, Colorado, Society of Spanish-American Studies, 1987, págs. 59-70.

Johnson, Roberta. "La narrativa revisionista de Marina Mayoral, *Alaluz*, 2, otoño, 1990, págs. 57-63.

Martín Gaite, Carmen. "Buen ejercicio literario", *Diario 16*, 13 de agosto, 1979.

Martínez Ruiz, Florencio. "Marina Mayoral, poderosa narradora", *ABC*, 28 de octubre, 1979.

Tarrío, Antxo. "Marina Mayoral, una voz para Galicia", *Ínsula*, octubre de 1989, pág. 20.

Valencia, Antonio. "Prólogo a *Al otro lado*", Madrid, Magisterio Español, 1980, págs. 9-15.

Zatlin, Phyllis. "Detective Fiction and the Novels of Mayoral", *Monographic Review/Revista Monográfica*, 3, 1-2, 1987.

CÁNDIDA, OTRA VEZ

I

Después de una semana de tratamiento me encontraba lo bastante bien para aceptar el resto: sol, comida, paseos y aire libre en aquella playita desierta. Los tíos de Herda eran encantadores y me dejaban en total libertad de horario. Aquel molesto tartamudeo había desaparecido ya en la clínica y el corazón parecía haberse aquietado. Yo mismo me preparaba un filete a la plancha a la hora en que los buenos señores tomaban pacíficamente su merienda, y me sentía un poco como Lázaro resucitado. Dos semanas más tarde me encontraba con fuerzas para hacer diez quilómetros en bicicleta, hasta el teléfono más cercano; quería darle las gracias a Herda y también enterarme de cómo iban las cosas por el despacho. Entonces tuve las primeras noticias del caso. Herda lo había resuelto a su manera, que era la más conveniente para mi salud: me había enviado una carta a Palma, al apartado de Correos de su tío Heinrich, que iba a recoger su propia correspondencia cada quince días. Regresé preocupado. Cándida era en efecto "muy temperamental", pero cuando acudía a mí, la cosa no era de broma. Pensé en llamarla por teléfono, pero las dificultades para hablar con Herda me habían desanimado. Decidí decirle a Heinrich que me habían enviado correspondencia urgente. Puso inmediatamente a mi disposición su coche y las llaves del apartado, se ofreció a acompañarme y ante mi negativa me hicieron una serie de encargos.

Recogí la carta, un montón de folios espantosamente escritos a máquina y a mano, en muchos de los cuales las palabras de Cándida cruzaban sobre el membrete de la Facultad de Medicina y se confundían con otras que decían: "alumno", "curso", "Facultad de", "examen de", que eran las más claras. Pensé que peor hubiera sido que me escribiera en las fichas para historias clínicas y me senté en la terraza de un café, dispuesto a tomarme la primera cerveza después de un mes de absoluta abstención alcohólica y sin poder desechar una inquietud vaga ante aquellos folios que tenía en mis manos.

La carta estaba fechada en Santiago hacía veinte días:

"Querido Pedro: Necesito hablar contigo, las cosas se ponen cada vez peor y ya no sé cómo va a acabar todo esto. Hace casi dos semanas que intento hacérselo comprender a ese bulldog, a ese perro alemán sin olfato que has dejado en tu despacho. Esa manía tuya de cambiar de secretaria, o lo que sea, nos deja en la puta calle a los amigos. Le he dicho de todas las maneras posibles que ya estoy separada, que no quiero anulación, que no sólo eres mi abogado sino mi amigo de toda la vida, pero ha sido peor: 'D. Pedro necesita absolutamente descansarg. Prresgcripción facultativa. Cualquierg asunto profesional podemos rgesolvergselo nosotrog'. ¡Cielos! Pretendía hacerme creer que no saben dónde estás y que no ibas a aparecer por el despacho en dos meses. Le dije que cuando llamaras te dieran mi recado y esperaba que me hubieras llamado en seguida por teléfono. Debes de estar muy mal, porque nunca me habías fallado así... En fin, esta mañana ese prodigio de secretária me ha dicho que te escriba, 'con detalle, egtensamente sobrge el caso' y que ella te hará llegar 'los documentog pegtinentes'. Pedro, ¿tan mal estás? De aquella mezcla de anfetaminas y relajantes no podía salir nada bueno, te lo advertí, pero, o estás en una cura de sueño y entonces esta carta es inútil, o estás, lo que es más probable, con la barriga al sol y entonces eres un cabrón. En todo caso eres la única persona que puede ayudarme, si es que todavía hay tiempo. Pedro, hazte el ánimo de que tendrás que interrumpir tus vacaciones, tengo miedo, mi primo Pablo está dispuesto a evitar que sigan esas publicaciones, y el otro es un loco desatado que no atiende a razones. Le han dado una paliza que casi lo matan. Pablo es ahora uña y carne de los de K. M. ¡Tienes que venir, Pedro, son capaces de todo!"

Aquí se había interrumpido. El margen había cambiado y había pasado de dos espacios a uno.

"He hecho una nueva intentona a través de Javier. No sabe dónde estás, me aseguró que 'Herda' era el mejor camino para localizarte, de modo que volví a llamarla. Le dije a ese Hitler femenino que yo misma iría a verte si tú no podías desplazarte y se limitó a decirme que sólo tenían un número de apartado de Correos del 'extrangego' y que la 'cagta' fuese muy 'claga'. Te felicito por la adquisición. Así que me he vuelto a escribirte lo más claro que pueda. También me dijo que 'mejog a máquina'. ¡Cielos! Espero que al menos no te cases con ella. En fin, como no puedo hacer otra cosa, te escribo y espero que, con lo que te cuento, quieras y puedas romper tu aislamiento. Empiezan a hacérseme los dedos huéspedes.

En principio se trata del diario de mi madrina Cándida, que era también mi tía abuela, la hermana de Aurora y Leopoldo, ¿te acuerdas de ella? Murió poco antes de que Juan y yo nos separásemos, hace unos diez años. Vivía en

Castro d'Ouro, en la casa de la playa. En los últimos tiempos apenas salía del pueblo, pero creo que te acordarás de ella, al menos de cuando jugábamos allí. Si insisto en esto es porque el recuerdo que tengas de ella te chocará con lo que voy a decirte, pero esa es exactamente la situación en que se encuentra toda la familia y todos los que nos conocen de antiguo.

Lo más sencillo sería decir que el diario llegó a mis manos por casualidad, pero después de haberlo leído, esto es poco probable. Tengo la confusa sensación de que ella misma hubiera previsto todo lo que está sucediendo. Vas a pensar que estoy loca, pero si estuvieras aquí me resultaría más fácil explicártelo de palabra. Está, en primer lugar, la cuestión de la casa. Siendo yo su ahijada, si quería dejarme algo, lo lógico es que me hubiera dejado la casa a mí y no al asilo de ancianos desamparados por los cuales nunca había demostrado el menor interés en vida. Pero, puestos a hacer caridad, pudo dejarles también los muebles. Pues no, los muebles me los dejó a mí. ¿Te acuerdas de mi antiguo apartamento, verdad? En aquel momento pensé que chocheaba, ¡dónde iba yo a meter aquellos muebles inmensos!, y ella sabía muy bien que no iba a vender cosas que habían sido de la familia desde hacía más de un siglo. Tengo que abreviar, Pedro, concédeme un voto de confianza si te digo que mi madrina Cándida era uno de los seres más retorcidos que he conocido.

La casa la compró mi primo Pablo que ha sido el único que siempre ha tenido dinero, supongo que las monjitas le sacaron un buen pellizco, pero a la larga ha salido beneficiado como siempre. Yo le dejé los muebles: me llevé sólo algunos libros, dos cuadritos de Castedo, el bargueño que ya conoces y un baúl con ropas de casa usada, trajes pasados de moda y álbumes de fotos. Dime, tú que nos conoces, ¿quién entre toda la patulea de sobrinos, sobrinos nietos y sobrinos políticos hubiera hecho una elección así? El diario estaba en el baúl, no en el bargueño, como sería lo esperable. Son una serie de cuadernillos, iguales a otros donde mi madrina apuntaba las cuentas de la casa, los aguinaldos, los aniversarios y cosas de este tipo. Los hubieran tirado a la basura sin enterarse y si se hubieran enterado los habrían quemado. Pero a mí me encantan las pequeñas cosas viejas, usadas, y detesto destruir cualquier tipo de documento donde la vida quedó apresada. Los recuerdos cambian con nosotros, por eso nos extrañamos ante una foto antigua, ante una carta que en nuestro recuerdo eran ya distintos. Todo esto Cándida lo sabía. Me colocó en las manos este explosivo sin que los demás se enteraran, con la seguridad de que yo *no* lo haría desaparecer, de eso estoy segura, lo que no sé es qué quería que hiciese con él.

Me estoy liando en mi afán de aclararte las cosas. Te lo diré brevemente: en el diario no se salva nadie, todos los trapos sucios de la familia y de las gentes que durante cincuenta años han tenido alguna relación con nosotros. Por ejemplo, de tu padre dice, de pasada, que dejó de dirigir la logia masónica cuando Franco los atacó por la radio, 'porque siempre fue un cobarde que se cagaba de miedo en los pantalones'. Ese es, más o menos, el estilo de las alusiones. Las referencias a la familia son peores, porque son más precisas y ella misma queda como una resentida y como una obsesa sexual. No sé hasta qué punto era consciente de la imagen que dejó en esos cuadernos.

Lo que ha sucedido es que ese diario ha empezado a publicarse en los dominicales de *La Ilustración* con el título de 'Memorias de una solterona católica'. Desde que tenemos democracia están queriendo quitarse el aire carca con denuncias escandalosas y un suplemento literario sin censuras. No sé cómo explicártelo, es de una malevolencia increíble, pero tiene una base real que nos afecta a todos. Y, por si se notara poco, va firmado 'Cándida'. ¡Tienes que venir, Pedro!

El mismo día que salió el primero me llamó mi tío Arturo, no mi tío abuelo Arturo que murió unos días antes que Cándida, sino mi tío, el padre de mi primo Arturo, el diplomático...

He ido a hacerme una tisana para despejarme y no enrollar las cosas. Espero, confío, que sepas a quién me refiero. Me llamó y me dijo más o menos: 'Cándida, ¿eres tú la autora de esas memorias que publica *La Ilustración*?' Y yo le dije, más o menos: 'Tío Arturo, yo a duras penas consigo escribir un informe para un congreso médico, ¿de qué se trata?, y él me dijo: 'Nada, nada, cómo ibas a hacer tú una cosa así, son unas memorias al estilo de Pedro Mata,[1] pero se diría que habla de nuestra familia y como además firma con tu nombre... casualidades'. Después me contó todos los achaques de la familia, me pidió mi autorizada opinión y prometió beber menos cerveza... Las llamadas de familia y de amigos que hacía siglos que no llamaban se sucedieron todo el día. Unos hablaban del periódico y otros llamaban por 'a ver si nos vemos', 'qué es de tu vida'. Un espanto, Pedro. Por la tarde se presentó mi primo Pablo en típico estilo guerrillero: '¿de dónde ha salido esa porquería?' Esa noche te llamé por primera vez a tu casa.

Vas a decirme que soy una insensata, pero unos papeles así, si los escondes, acaba viéndolos y leyéndolos hasta la

---

1. Pedro Mata y Domínguez (1875-1946), autor de ficciones naturalistas con tramas que rozan lo erótico, como *Una aventura demasiado fácil* o *El misterio de los ojos claros*. Su nombre ha quedado ligado a la novela folletinesca con atrevimientos sexuales, claro precedente de los culebrones televisivos.

criada. Los tuve siempre a la vista, y, desde que murió mi padre y pasé a vivir aquí, estaban en la biblioteca junto a la lámpara y la butaca donde leo por las noches, al alcance de la mano y puedo asegurarte que a nadie se le ocurrió nunca hojearlos. En la pared de enfrente están los de Historia y Literatura, lo que queda de la biblioteca antigua de los Monterroso,[2] y en esa los míos de Medicina. No te voy a decir que los vigilara durante estos años, pero si hubieran faltado o los hubieran cambiado de sitio lo hubiera notado, como si me cambiaran de sitio un cuadro, o el reloj. Alguna noche, de Pascuas a Ramos, los he releído y cada vez estaban más llenos de polvo, iban tomando el aspecto de esos cuadernos de apuntes que por pereza o porque te recuerdan los años de estudiante no te decides a tirar. No consigo comprender cómo pudo dar con ellos, sólo alguien que viniera a tiro hecho, no puedo creer en una casualidad... o quizá sí, se sentó en mi butaca y los vio... ¡Pedro, tienes que venir y convencerle de que es una locura! No consigo entender qué se propone..."

Yo tampoco entendía nada y empecé a maldecir a Herda por sus afanes proteccionistas. Cándida escribía sin puntos ni comas y unía continuamente palabras. Al final había abandonado la máquina y su caligrafía era todavía peor. La carta se estaba convirtiendo en un suplicio chino. Pablo es un tipo de cuidado, Cándida no le va a la zaga y yo estaba confinado en esta maldita isla sin un teléfono a mano.

"A partir de ese momento todo ha ido de mal en peor.

---

2. Los Monterroso de Cela constituyen la familia hidalga que protagoniza la novela. La estirpe encuentra sus orígenes allá por los tiempos de los Reyes Católicos, y sus ramas, entroncadas en Brétema (Santiago de Compostela) y Castro d'Ouro, el lugar de veraneo, hacen su aparición en toda la producción mayoraliana. Volverán a tener un protagonismo importante, debido a Lita Monterroso, en *Contra muerte y amor*.

Voy a intentar explicarte los hechos con la mayor objetividad posible. Yo pude haberme cerrado en banda y decir que no sabía de qué iba la cosa, pero cometí la torpeza de decirle que sí, que había un diario de mi madrina y que me lo habían robado. Entonces Pablo interrogó, mejor dicho, amenazó de malos modos a la criada y ella fue la que le habló del muchacho. Me estoy liando, Pedro, pero estoy muy nerviosa, releo estas cuartillas una y otra vez y no sé si te percatas de la gravedad del asunto. El chico había pedido permiso para consultar el árbol genealógico de la familia y los documentos antiguos. Está haciendo una tesis sobre el Mariscal Pardo de Cela[3] y buscaba no sé qué relaciones, traía una carta de la Universidad, de un catedrático de Historia, que todavía tengo por aquí. Al comienzo le miraba con cierta desconfianza porque parecía el típico barbudo que te llama asquerosa fascista y te coloca una bomba debajo del asiento, pero trataba los libros con un respeto reverencial, no fumaba por temor a mancharlos, mil detalles, Pedro; por ejemplo, nunca los miraba a la luz del sol porque podía estropear los colores de los escudos. Es conmovedor, adora la heráldica y nos odia cordialmente. Porque ya entonces se le notaba que nos odiaba, es decir, a mí, como representante de una clase social, y por lo que ha hecho después, a todos.

Pablo lo localizó y los bestias de K.M. casi lo matan de la paliza. No puedo pararme en detalles, ni en mi relación

---

3. Pedro Pardo de Cela fue un noble gallego que militó bajo las banderas de Juan II y Enrique IV. Partidario de la Beltraneja fue condenado a muerte por Isabel la Católica y decapitado en la plaza de la catedral de Mondoñedo en 1483. Su mujer, Isabel de Castro, consiguió un indulto de la Reina y cuando volvía a Mondoñedo fue detenida por dos canónigos en el puente llamado del "Pasatempo" ("Pierdetiempo"). Según la tradición, la cabeza del mariscal rodó por la plaza de la catedral, diciendo "credo, credo, credo".

actual con él, pero la intervención de Pablo ha empeorado la situación y yo no puedo hacer ya nada. No pertenece a ningún partido, no tiene a nadie detrás, sólo tiene su odio contra nosotros, un odio mamado y más fuerte que cualquier otro sentimiento. Vive con un amigo y les destrozaron el cuarto, no quiero pensar en lo que hubiera sucedido si no llegan a tiempo los vecinos... Le encontraron una copia del diario y yo dije que sí, que era el de mi madrina. Porque no lo ha robado, Pedro, el diario lo tengo yo, ese maldito diario que no sé qué hacer con él. Pablo tardó muy poco tiempo en comprobar que no era el auténtico y he tenido que decirle que no soy la criada ni un pobre chico indefenso y que a mí no me grita ningún bastardo de mierda aunque lleve mi mismo apellido..."

Pagué la cerveza y fui a las oficinas de Iberia. Había una plaza en el avión de las diez de la noche, la cogí y me puse en lista de espera para el anterior. Tenía el tiempo justo para avisar a los tíos de Herda y confiaba en que me dejarían de nuevo el coche. Heinrich se empeñó en acompañarme al aeropuerto, dio por buenas mis explicaciones de que había problemas en el despacho y me deseó un buen viaje y una total recuperación. No hizo comentarios. Debió de pensar que mi cerebro había quedado definitivamente dañado, pero era demasiado largo de explicar y decidí dejarlo así.

Hasta que arrancó el avión no pude volver a releer el jeroglífico que eran las últimas páginas de la carta:

"He tenido que decirle que yo no soy la criada, ni un pobre chico indefenso y que a mí no me grita ningún bastardo de mierda aunque lleve mi mismo apellido. Se puso de color ceniza y no le salían las palabras, creo que si no fuera tan cobarde me hubiera pegado, pero ya de pequeño le zurrábamos todos a pesar de ser más grandón. El miedo le hacía encogerse. Necesita matones que lo hagan

49

por él. Me llamó puta y roja, dijo que estaba conchavada con el muchacho para destruir el honor de nuestra familia. Ya sé que no debería haberlo dicho, Pedro, pero yo también estaba fuera de mí: le dije si no se había mirado alguna vez a un espejo y que él era una ofensa viviente al honor de nuestra familia, que podía dejar de raparse al cero porque siempre parecería un anuncio de ron 'La Negrita'. No encontraba la puerta para irse y lo último se lo grité ya cuando bajaba las escaleras: 'prueba a meterte en Blanco Nuclear'. No debía haberle tratado así, eso ha puesto a toda la familia de su parte. Excepto mi padre y el tío Alejo, que nacieron ya en Castro d'Ouro, ninguno está seguro de que por sus venas corra exclusivamente sangre de los Monterroso de Cela. El abuelo parecía estar seguro de Otilia, a pesar de haber nacido en Cuba, como lo demuestra su nombre, que es el de la bisabuela. Pero a Froilán, a pesar de ser tan blanco y tan rubio, le puso el nombre del santo del día. En el diario lo cuenta con detalle, y es algo que toda la familia conoce de antiguo. Cuando nació el hijo de Froilán, mi primo Pablo, con ese color y ese pelo, el abuelo se presentó en la casa y pronunció una frase histórica, la misma que había dicho veinticinco años antes, cuando nació Froilán "Se le pondrá el nombre del santo del día". Emilia, la mujer de Froilán, preguntó tímidamente: '¿Pedro?', y el abuelo, categórico: 'Pablo'. Porque Pedro es un nombre familiar, de los que están en el árbol genealógico y se repiten una y otra vez. Froilán y Pablo no hay ninguno. Son Monterroso de Cela, pero sus nombres, extraños en el árbol familiar, son algo así como las armas siniestras del escudo de los bastardos. De modo que la familia considera esto del color de Pablo como algo que nos afecta a todos por igual, porque no depende de él, naturalmente, ni de su madre, sino de *nuestra* común abuela Herminia, que como sabes gozó hasta su muerte del respeto y consideración de las más altas jerarquías de la sociedad. He faltado a las leyes no escritas del silencio, que la familia mantuvo durante tres generaciones, y a esto debes añadir el temor de gran parte de ellos a ver aparecer otro bebé negroide en sus hogares. Todos se han puesto de parte de Pablo: el diario debe ser destruido, y las publicaciones deben cesar.

Estoy cansada, Pedro, esto de escribir no es lo mío y me pierdo en detalles innecesarios. Te he dicho que tengo miedo, por mí y por Manuel, el chico que vino a casa a hacer la tesis. No robó el diario, pero lo copió y se dedica a publicarlo. Creo que tiene toda la razón del mundo para odiarnos, aparte de que le hayan dado una paliza brutal. Registraron su cuarto y encontraron la copia y le esperaron para pegarle. Vivía en un cuarto con otro chico y eso le salvó. Le dijeron que eso era sólo un aviso. Yo le encontré más tarde, Pablo se me había adelantado a pesar de que yo no le di la menor pista. Son como la Gestapo. El chico estaba convencido de que había sido yo quien le había enviado los gorilas y tuve que decirle lo que había sucedido y contestar a todas las preguntas que quiso hacerme, porque creo que aún no te he dicho que él tiene otra parte del diario, un cuadernillo distinto, pero que sin lugar a dudas perteneció también a mi madrina, y está dispuesto a utilizarlo. Le rogué, le supliqué, intenté hacerle comprender que Pablo no cedería a ningún chantaje y que se estaba jugando la vida y acabé por amenazarle yo también, irritada por su ironía, por su petulancia y por su aire de tener un triunfo en la manga. Era casi patético: un pobre diablo lleno de golpes hablando de todos nosotros como si fuéramos una basura. Claro que el diario le ha dado argumentos a placer, pero nosotros siempre seremos los Monterroso de Cela. Además me irritó que pensara que había ido con la intención de hacer un trato, de 'sacri-

51

ficarme' por el honor de la familia, como dijo con mucho recochineo. Le contesté que los adolescentes no eran mi pasión, pero que podría soportarlo si se quitaba de encima el olor a establo y los piojos, aunque lo mejor que podía hacer era pensar en el 'aviso' y cambiar de domicilio.

Era un viernes por la noche. Intenté inútilmente localizarte a través del Roxo, pero no sabía nada de ti y en tu despacho estaba puesto el contestador automático. No es que quiera echarte a ti la culpa, Pedro, sé muy bien que no soy un modelo de diplomacia, pero por eso recurro siempre a ti. Aunque te parezca imposible llevo cinco horas escribiendo esta carta que espero que sea al menos un documento 'pegtinente.'

Aquí había habido una nueva interrupción y, a juzgar por la caligrafía, Cándida estaba cada vez más nerviosa.

"Esta carta ya no saldrá hoy y a medida que la escribo me va invadiendo cierto fatalismo, la impresión de que tampoco tú podrás evitar la catástrofe, porque temo lo peor y no por mí. El domingo por la mañana, casi de madrugada, me lancé a la calle a comprar el periódico, se lo arranqué materialmente de las manos a un repartidor cuando aún los quioscos no estaban abiertos... en efecto, allí en el suplemento estaban de nuevo las 'Memorias de una solterona católica'. Había elegido un trozo en el que hablaba de mi primo Pablo, a quien mi madrina llamaba siempre 'el cubanito'. Contaba, entre otras cosas, cómo un tipo despistado se quejó en el casino de La Coruña de que dejasen entrar negros. La anécdota está referida con todo lujo de detalles y aunque en el periódico se habían suprimido los apellidos de aquel caballero 'moreno' que 'pertenece a una de las más nobles familias gallegas' (parece que fueron las palabras del director del casino) el relato era transparente y sólo podía referirse a nosotros.

Marina Mayoral con su padre, en Lugo, a los seis años.

Marina Mayoral con su madre, en Mondoñedo, a los once años.

Además, es una anécdota reciente, que mucha gente conoce.

Corrí hacia su casa con el periódico aún en la mano, con la esperanza de no encontrarlo, de que ese insensato se hubiera marchado. El que se había marchado era su amigo. Él estaba en la cama, 'esperándome'. Eran casi las nueve de la mañana y Pablo sin duda habría visto ya el periódico y se habría enterado. Le saqué de la cama a empujones, me besó, le pegué y me devolvió el tortazo, le arañé, le insulté, le di patadas, me empujó sobre la cama y volvió a besarme, le pedí que se fuera, se lo estuve pidiendo un buen rato, le prometí todo lo que quiso, le ayudé a meter sus cosas en una maleta y le dejé con la promesa de que iría a verle en cuanto encontrara un sitio seguro.

Esperaba que la familia en bloque cayera sobre mí ese día, pero no fue así, lo que me hace pensar que estaban deliberando por su cuenta. El lunes, al volver del hospital, tenía en casa un recado de mi tío Alejo: pasaría a verme antes de cenar, hacia las nueve. Me extrañó que fuera él; nunca superó una lesión antigua de pulmón y apenas sale de casa. Soy yo quien, al menos una vez al mes, me paso a verle, le echo una ojeada a sus pulmones y él se queda más tranquilo. Tenía peor cara que de costumbre, me preguntó cómo se llamaba 'ese, el del diario'. Le enseñé la carta de la Universidad, donde venían su nombre, Manuel, y dos apellidos vulgares, Loureiro Díaz. Me preguntó de dónde era, cuántos años tenía, cómo era su aspecto. Al comienzo pensé que la familia iba a utilizarme como intermediario para intentar un pacto con aquel elemento extraño que venía a destruir la placidez de su existencia. Pero las preguntas de mi tío Alejo parecían moverse en otra dirección. Le dije que no sabía de dónde era, gallego sin duda, por su apellido y porque estudiaba a Pardo de Cela, pero eso era todo. Tampoco sabía qué

53

motivos le habían empujado a publicar aquel diario, no había pedido dinero, ni planteado ningún tipo de chantaje. Mi tío Alejo estaba visiblemente nervioso, pero entonces lo atribuí a la situación anómala y a que temía que le organizase una escena como a Pablo. La familia teme, sobre todas las cosas, los escándalos y mi separación y la historia aquella con Adolfo me ha creado mala fama. Le dije que tendría unos veintitrés años, en todo caso no más de veinticinco. Y fue entonces, al describírselo, cuando caí en al cuenta. Yo intuía que todo esto no podía ser producto de la casualidad y, además, varias veces había tenido la impresión de haber visto antes a Manuel, de conocerlo de algo. Eran como fogonazos aislados, como una imagen que se me asomaba un momento a la conciencia y desaparecía... Manuel es alto, rubio, de un rubio dorado, lleva media cara tapada por una barba también rubia, tiene los ojos verdes, como yo, como Juan, como mi hijo, como mi tío Alejo, como la abuela Herminia, como Aurora, como Cándida, como todos los Monterroso de Cela. Se parece a todos mis primos, se parece, sobre todo, a Juan, al Juan de hace veinte años, cuando nos casamos. No me cabe duda, Pedro, ese chico es hijo de *un* Monterroso de Cela, pero ¿de cuál?, ¿del padre de Juan?, ¿de Alejo, de Froilán?... Eso es lo que debe de estar en el diario que él tiene y eso es lo que va a exigir: que le reconozcan, que le den el apellido...

El diario de mi madrina Cándida está sembrado de frases como 'otro bastardo', 'un bastardillo más', 'los bastardos mejoran la raza, excepto cuando salen negros', pensé siempre que se trataba de una manía, como los sueños eróticos que cuenta, pero deben de tener una base real y quizá puedan utilizarse sus palabras como prueba de paternidad.

Mi tío Alejo estaba cada vez más pálido. No le había

enviado la familia, venía por su propia iniciativa y creo que había tenido la misma idea que yo. Se lo dije: 'Parece que la familia ha ejercido el derecho de pernada en muchas ocasiones'. Se quedó mirándome silencioso y asintió con la cabeza. Tuvo un ataque de tos y se levantó para marcharse. No podía dejarle que se fuese así, él había venido a saber algo que yo tenía derecho a saber. Se lo pregunté sin ambajes: 'Tío Alejo, ¿es tuyo?'. Sonrió con cierto cinismo y me preguntó: '¿Cuántos años tiene tu hijo, Cándida?'. Me quedé helada mientras su voz cascada iba desgranando una especie de viejo decálogo familiar: los Monterroso de Cela nunca han reconocido a los hijos naturales, pero no los han abandonado, se les dejaban mandas en el testamento, se les ha dado trabajo y a las mujeres se les buscaba un marido que no hiciese preguntas... ahora, por lo que se ve, se les da carrera universitaria. Se apoyó en mi hombro y suspiró. 'En junio ha hecho veinticuatro años que murió el abuelo Leopoldo. Ese año, antes o después, todos pasamos por Castro d'Ouro. Algunos incluso estuvisteis allí todo el verano acompañando a la abuela. Puede ser de varios... eso es lo malo, todos se sentirán atacados. Todos están de acuerdo con Pablo en que hay que hacer callar a ese loco'. Dudó un instante: 'si puedes, haz que se vaya, que desaparezca... después ya veremos qué se puede hacer. También es posible que sea un vulgar chantajista'. Pero esto lo dijo sin ningún convencimiento, como a pesar suyo.

Mi cabeza es un caos, Pedro: me caso con un primo carnal, me separo de él, me lío con el marido de una prima carnal y ahora puede que esté acostándome con un hijo de mi marido, o con un sobrino, o, en el mejor de los casos, con el hijo de un primo carnal. Supongo que puede resultar hasta divertido.

Ven pronto, quisiera ser capaz de comunicarte esta sensación de tela de araña en que me siento envuelta. Juan debió de sentirse así y también Emilia cuando todos se pusieron de mi parte... la familia te perdona lo que sea, menos el escándalo; todos tienen, todos tenemos demasiadas cosas que ocultar. Estoy muy cansada y creo que he bebido demasiado, tú sabes que yo no escribo más que tarjetas o telegramas, pero esa mula germánica se ha empeñado. Podía haberte puesto un telegrama: 'peligro de muerte; víctima: joven desconocido, rubio, de ojos verdes; culpable: toda la familia'. Juan no tenía demasiada culpa de haberse enamorado de aquella chica y todos nos portamos como unos cabrones. Tú también: hiciste que me pasara una pensión que no le dejaba más que para pipas los días de fiesta. Y en cuanto a Emilia, tenía toda la razón, ¿quién iba a creerse la historia de que estaba mirando por rayos a Adolfo? Yo tuve tiempo de ponerme la bata, pero a él le cogieron en purísimo traje de Adán, y con el mismo aire culpable. Sin embargo, la familia se puso de mi parte. Ella había organizado el escándalo. Ahora soy yo quien lo ha organizado. Tengo miedo, Pedro. Por ese chico. No quería ir a verle, le dije que estaba segura de que me seguirían y me contestó que seguramente también tenía el teléfono intervenido, de modo que él vendría a mi casa. No sé qué se propone, sólo sé que nos odia y que quiere hacernos todo el daño que pueda. Cuando le dije que quería ayudarle se me rió en las narices. Cuando le dije que mis visitas le podían costar el pellejo, me dijo que nunca se había acostado con una señora tan fina, pero que le parecía un precio un poco alto. Me pregunto si alguien de la familia sabe quién es, qué estará tramando Pablo y qué pensarán qué sé yo..."

Yo también me lo preguntaba. Había demasiadas cosas que no entendía, en la carta. Las dos horas de viaje me habían permitido releerla despacio y entre aquella maraña de noticias, comentarios, evocaciones familiares y presentimientos de tragedia, echaba en falta unos cuantos datos objetivos. Cándida es escurridiza como una anguila y no he conocido a nadie a quien sea más difícil arrancar algo que no quiere decir. En más de una ocasión he visto enrojecer de impotencia a un magistrado ante la impávida mirada de un Monterroso de Cela y Cándida es uno de los ejemplares más perfectos de la estirpe. Pero la intransigencia de Herda la había obligado a recurrir a un medio de expresión que no domina y había caído en la "excusatio non petita". Su carta era una petición de ayuda, pero era también una disculpa por algo que había sucedido o que iba a suceder. Una disculpa... o quizá una coartada.

"No puedo hacer nada. Ven cuanto antes. Un abrazo muy fuerte de Cándida".

Doblé con cuidado la carta, la metí en el sobre y volví a mirar el matasellos. La fecha era claramente perceptible: "4 de Junio". La carta había tardado casi tres semanas en llegar a mis manos.

II

Mi apartamento estaba limpio y ordenado, la cama hecha, la mesa sin un solo papel a la vista, los libros ordenados en las estanterías. Se notaba la mano supervisora de Herda. No había una gota de alcohol en toda la casa. En el cuarto de baño un cepillo de dientes sin estrenar y un tubo de pasta, el Aqua Velva, Lectric Shave. Ni rastro de mis pastillas. En el armarito, un juego de toallas limpio. Buena chica esta Herda. Absolutamente previsible.

Puse a funcionar la nevera y metí lo único que me pareció bebible entre las botellas de zumos naturales y gaseosos que se alineaban en perfecta formación en la despensa. Después bajé a tomar un plato combinado y me aguanté las ganas de pedir un whisky.

Hacía calor y estaba cansado. Me tumbé sobre la cama y repasé mentalmente, una vez más, la carta de Cándida. Tardé en dormirme. El calor de la noche madrileña, aquella carta que había venido a arrancarme de mi reposo, me traían a la memoria los veranos de mi infancia en Castro d'Ouro. Cuando llegaban los Monterroso quería decir que la escuela había terminado y comenzaba para mí y para muchos niños del pueblo una época de apasionantes aventuras. Los Monterroso jugaban con todo el mundo, no había distinciones de clase, no hacía falta, desde hacía dos siglos todos sabían que las tierras, las casas, las cosechas, hasta el mar, eran de los Monterroso. Si jugábamos a las guerras, no formaban un grupo aparte; dos de los mayores se nombraban jefe de un bando y escogían su "peonaje" entre los niños y niñas del pueblo, habiendo sorteado previamente quién elegía primero. Entre ellos también sorteaban a quién le correspondía ser jefe cada día. Practicaban la democracia a su manera. Lo cierto es que a ninguno se nos hubiera ocurrido que uno de nosotros pudiera ser jefe. Jugábamos con frecuencia "al mariscal" y reproducíamos con toda fidelidad la sublevación de Pardo de Cela, antepasado de los Monterroso, contra los Reyes Católicos. D.ª María acudía a pedir clemencia (justicia decíamos nosotros) a la corte y trotaba monte abajo con el indulto en la mano para impedir el ajusticiamiento de D. Pedro y su hijo. Los enviados del obispo intentaban detenerla en "A Ponte do Pasatempo" y allí, contra todos los testimonios de la historia, tenía lugar una descomunal pelea donde "valía todo" menos mordiscos. Para matar a uno era necesario derribarlo y sujetarlo en el suelo hasta que otro de los contendientes podía servir de testigo del derribo. Era dificilísimo matar a nadie. Muchas veces, el mismo don Pedro, deseoso de representar su papel, acudía a ejercer de árbitro y zanjar así la batalla. El final era siempre muy emocionante, porque, ganase quien ganase, D. Pedro era ajusticiado (aquí sí respetábamos la historia), y el elegido subía majestuosamente las gradas del cadalso (de la ermita de San Cristóbal) y entregaba su cabeza al verdugo, mientras todos, partidarios y enemigos, repetíamos las palabras que la cabeza del mariscal pronunció, mientras rodaba por la plaza de la Catedral de

Mondoñedo:[4] credo, credo, credo... Cuando no jugábamos a guerras siempre había un Monterroso que, espontáneamente, era acatado por los demás como jefe. En mi época era Juan. Juan era el que decidía si íbamos de excursión, de peregrinación al santo de piedra, a coger nidos, o a la "cova do mar". A medida que crecían, los líderes abandonaban la pandilla y hasta dejaban de aparecer durante los veranos por el pueblo, pero eran sustituidos por otros Monterroso de Cela. Durante muchos años, los guardas de las fincas, los campesinos que segaban el trigo y las gentes del pueblo, vieron pasar aquella pandilla de niños de todos los pelajes entre los que sobresalían las rubias cabezas de los Monterroso.

Yo esperaba con ansia aquellos dos meses del verano. Mi padre era administrador de algunas tierras de los Monterroso: un personaje, para los campesinos; un hombre importante, para la gente del pueblo. Como el médico, el boticario, la maestra y el cura. Cándida y yo, cuando jugábamos a guerras, estábamos casi siempre en bandos contrarios. Cuando Juan era el jefe, la elegía a ella la primera, entonces el otro me escogía a mí. Excepto entre ellos dos, la elección obedecía a motivos de estrategia; se escogía antes a los más fuertes, a los que sabían nadar, a los que eran más rápidos corriendo... los más pequeños de los Monterroso se quedaban siempre los últimos, porque cualquier niño del pueblo subía mejor que ellos a un árbol o atravesaba las piedras del arroyo sin caerse, y eran siempre los primeros muertos y prisioneros de los dos bandos. Nunca protestaban, sabían que con el tiempo serían jefes. Se sentaban pacientemente en el campo de

4. Mondoñedo fue la capital en otro tiempo de una de las siete provincias gallegas. Posee una catedral comenzada en estilo románico (1219), continuada en el gótico, y que fue rematada en el siglo XVI.

batalla y eran los encargados de gritar "muerto", "muerto".

Cuando Cándida era jefe (los Monterroso no hacían distinción de sexo a la hora de las jefaturas ni de repartir mamporros) también elegía el primero a Juan y de nuevo a mí me tocaba en el campo contrario. Juan y Cándida eran "novios". Yo me negaba a admitirlo: "son primos y ha dicho el cura que los primos no pueden casarse", "los ricos sí", "ha dicho la maestra que si se casan dos hermanos les salen hijos ciegos", "el rey les da permiso para casarse a los ricos", "¡burro!, es el Papa", "mira la lista, el Papa es enemigo de los Monterroso, por eso el obispo entretuvo a D.ª María"... A mí no me gustaba jugar a las guerras, Cándida peleaba mejor que muchos de sus primos, yo no quería que me ganase, pero me molestaba tener que sujetar contra el suelo su cuerpo que se revolvía entre mis brazos y gritar "muerta, muerta".

Juan y Cándida se casaron al terminar la carrera. Fue una boda rápida, pero que no sorprendió a nadie. Yo empezaba a trabajar en Madrid. Mi padre seguía siendo un "fiel servidor" de los Monterroso y yo fui invitado a todas las bodas de la familia, pese a que, desde los tiempos de la Universidad, apenas me relacionaba con ellos. No era la primera vez que los Monterroso se casaban entre sí, pero quizá pocas veces se unieron dos ejemplares tan perfectos de la estirpe. A veces, en la oscuridad de la "cova do mar", se confundían sus siluetas alargadas: "¿Encuentras algo, Juan?" y la voz de Cándida, contestando: "Sólo una almeja".

Los Monterroso sentían una atracción especial por "a cova do mar", sobre todo Cándida. Algunos de ellos tenían predilección por determinadas excursiones, que imponían cuando les tocaba ser jefes. Jacobo, que era otro de los mayores, escogía siempre la "peregrinación" al "santo de piedra", una ermita en la que había una imagen de un San Ramón de piedra que tenía un orificio en su parte posterior, probablemente para ser insertado en alguna barra o soporte de hierro. Una vez al año se celebraba allí una romería y acudían gentes de todo el contorno, que entregaban sus ofrendas y hacían con toda reverencia lo mismo que nosotros: introducir un dedo por el "culo" del santo. Si el dedo tocaba una dureza quería decir que el romero se salvaba, pero si no tocaba piedra era señal cierta de que no tenía arregladas sus cuentas con Dios y que si moría se condenaba. Todos metíamos el dedo, pero no contábamos nuestra experiencia; es decir, en principio, se respetaba el derecho de cada cual a callarse y no se permitían preguntas, pero, de hecho, se podía saber quién "se condenaba", porque casi nadie resistía la tentación de probar con otro dedo. Había algo de misterioso en aquel rito porque yo mismo toqué piedra alguna vez, sin ningún esfuerzo. Nada más meter el dedo tropecé con lo que parecía el fondo del culo, una superficie redondeada y suave; sin embargo, otras veces, pese a hundir el índice hasta la última falange, no encontré nada. Un chico del pueblo aseguraba haber visto a un romero enfurecido introducir el regatón[5] de un paraguas por el agujero posterior del santo, sin llegar al fondo. Y, sin embargo, ese fondo existía, yo llegué a él con mi pequeño dedo infantil y muchos otros llegaron también, sin duda. Jacobo ponía siempre una cara beatífica después de meter el dedo, pero los otros Monterroso mayores mantenían una expresión inescrutable, sorprendente en niños de, a lo sumo, trece a catorce años. Después de cumplido el rito, cogíamos moras, y unos íbamos a buscar agua, mientras otros preparaban el fuego para la merienda: chorizos y patatas asadas.

---

5. *regatón:* El extremo inferior de metal de un paraguas.

63

A decir verdad, a nadie le quitaba el hambre lo que hubiera sucedido con el santo. La maestra nos decía que aquello era una superstición, pero todos estábamos convencidos de que lo que sucedía es que ella nunca le había llegado al santo al fondo del culo.

A la "cova do mar" íbamos varias veces a lo largo del verano. A los chicos del pueblo no nos hacía mucha gracia, sobre todo desde que vimos el cuerpo destrozado del Benino. La marea le había cogido dentro y las olas le golpearon durante horas contra las paredes de la cueva. Nadie podía reconocerlo. Su madre le había ido buscando de casa en casa y todo el pueblo estaba aquel amanecer de invierno en el acantilado, esperando la bajada de la marea. También don Leopoldo Monterroso. Le sacaron los marineros del "Tumbaloureiro" que habían llegado aquella misma noche, de arribada. Le sacaron de la cueva envuelto en sus chaquetones, pero le asomaban los huesos pelados de los pies.

"A cova do mar" es un lugar peligroso. En pleno acantilado, ya en mar abierto, el tiempo que media entre la bajamar y el momento en que las olas empiezan a barrer el estrecho pasadizo rocoso que conduce al fondo de la cueva es muy poco y depende de las mareas. Un caminillo excavado en la roca permite descender desde lo alto del acantilado a la pequeña playa donde se abre la cueva. Los Monterroso hicieron que les contáramos con todo detalle lo sucedido al Benino, pero no desistieron de las excursiones a la cueva. El único cambio fue encargar de la vigilancia a uno de los mayores, aburrida tarea que hasta entonces se había encomendado a los medianos y que consistía en sentarse a la entrada del pasadizo y esperar allí hasta que la primera ola mojaba los pies. Justo en ese momento y no antes debía asomarse a la entrada de la cueva y gritar a pleno pulmón: ¡la mareaaaaa! Entonces todo el mundo

abandonaba de inmediato la búsqueda de almejas, cara-
colas, estrellas de mar, pulpos o erizos, recogía de prisa
sus útiles de pesca y su botín y se dirigía ordenadamente
hacia la salida de la cueva. Un rato antes de que se oyera
la llamada sabíamos que el momento estaba próximo porque el suelo arenoso de la cueva se iba poniendo cada vez
más húmedo. Hubo días en que nuestros pies chapotea-
ban ya en el agua y seguíamos esperando anhelantes la
señal de partida. Porque la emoción y la gracia del juego estaba precisamente en esa sensación de miedo que
todos sentíamos en los últimos momentos. El estrecho
pasillo rocoso que daba acceso a la cueva se convertía
con la humedad en un tobogán resbaladizo, en una ram-
pa por la que ascendíamos penosamente, pero en perfecta formación: dos mayores delante, en medio los
pequeños, a continuación los medianos, los mayores detrás, empujando y sosteniendo la columna, y, cerrando
la fila, un Monterroso de Cela, muy frecuentemente
Cándida, que, como el capitán del barco, ocupaba el
lugar de más peligro. Todos sabíamos que, pocos minutos después, las olas batían ya furiosamente contra el
acantilado y bajaban espumeantes, barriendo el pasadizo, estrellándose por las paredes hasta desembocar en
la cueva, que, al final, quedaba totalmente invadida por
el mar.

Los chicos del pueblo, después de lo del Benino, hubiéramos dejado la excursión con gusto, pero la amistad con
los Monterroso y el temor a ser tachados de cobardes nos
mantenía en la brecha. Las excursiones acabaron de forma imprevista. Un día, cuando ya empezábamos a notar
la humedad en el fondo de la cueva, se oyó, no un aviso,
un grito de terror procedente de la parte en que desembo-
caba el pasadizo: "¡¡las olas!!". Eso significaba que el
agua penetraba ya por nuestra única salida. Los que es-

taban encaramados a las paredes de la cueva se tiraron al suelo a tumba abierta, a mí me pisotearon varias figuras que no pude distinguir y que corrían alocadamente hacia la salida. En el suelo quedaban los montoncillos de almejas, los cestos, los pinchos de hierro para pescar pulpos... Entre el tumulto se alzaron las voces de Juan y Cándida: "¡quietos!, ¡en orden!, ¡los pequeños en medio!". Increíblemente, consiguieron poner un poco de calma en aquel grupo de aterrorizadas criaturas que se arremolinaban en la embocadura del pasadizo y se entorpecían el paso unos a otros: "tú ahora", "venga, otro", "¡hala, tú!". Verlos allí, uno a cada lado de la abertura de la roca, dispuestos a salir los últimos, les daba una autoridad moral más fuerte que el miedo de los otros. Iban metiendo a sus primos y hermanos más pequeños entre los chicos del pueblo. Al final quedaron sólo los Monterroso mayores y yo, que, de forma involuntaria, contagiado de no sé qué extraño heroísmo, me había pegado a Cándida como una lapa. "Vamos, Pedro". Negué con la cabeza, hice gestos a Jacobo y Alejo, que pasaron después de haber consultado a Juan en una rápida ojeada, cogí a Cándida de un brazo y la hice entrar casi a la fuerza, a la vez sentí en mi espalda la mano de Juan, empujándome: "bien, adelante". El último tenía que ser un Monterroso. Se oían lloros sofocados, gritos, jadeos... los pequeños resbalaban y hacían caer a los otros. Avanzábamos, aferrándonos a las paredes, sin sentir los cortes de las finas aristas de roca. El pánico empezaba de nuevo a hacerse sentir cuando se oyó la voz del "Roxo": "¡Non é a marea: está enxoito!".[6] La maestra nos reñía cuando nos oía hablar gallego, pero nuestra lengua surgía una y otra vez: en el ardor de las peleas o de las discusiones, en las grandes alegrías. Y la palabra rodó de

6. *enxoito:* Seco.

boca en boca, envuelta en risas nerviosas y entre hipos de lágrimas: "está enxoito", "enxoito", "enxoito"... La tranquilidad de saber que las olas no llegaban al pasadizo hizo más fácil la salida y poco después saltábamos y nos abrazábamos en la playita y comparábamos nuestras heridas, mirándonos la sangre que brotaba de las manos y de las rodillas, sobre todo. Fue Cándida la que se enfrentó primero a Pablo: "¿Por qué gritaste?". Todos los Monterroso clavaron sus ojos claros sobre la encogida figura de aquel Monterroso de piel oscura y ojos negros. Parecían una legión de arcángeles enfurecidos arrojando del paraíso a un Adán negro y avergonzado. "Vi cómo entraba una ola, lo juro, la vi bajar". "La vigilancia", uno de los chicos del pueblo, Javier el Roxo, negó con energía: Pablo había salido el primero, solo, diciendo que entraban las olas, pero no era cierto. Cuando él había entrado en el pasadizo para ayudar a los que salían, la primera ola no había llegado todavía, y el Roxo se señalaba sus alpargatas en ese momento ya mojadas por la marea creciente, como queriendo ponerlas por testigo frente a las palabras de un Monterroso de Cela. Porque Pablo, a pesar de aquel aspecto tan raro, era un Monterroso de Cela. No hacían falta testigos. Cándida, pálida y con sus verdes ojos llenos de ira, pronunció la sentencia inapelable: "¡cobarde!". Aquel fue el último día que fuimos a la "cova do mar". También fue el último verano que Cándida, Juan, el Roxo y yo formamos parte de la pandilla. Al año siguiente, Cándida se fue a Irlanda. Juan no bajó a Castro d'Ouro; había tenido algo del pecho y se quedó en el pazo de Montouro. Javier y yo traducíamos las "Cartas" de Cicerón[7] porque nos habían cargado en el segundo ejercicio

7. Cicerón (106-43 a.C.) es el autor romano que mejor conocemos, pues dejó escritas unas ochocientas cartas.

de la Reválida de Sexto.[8] Todavía pasé algunos veranos en el pueblo, hasta que empecé a ir a los campos de trabajo y después a las milicias.[9] Después vino ya el despacho y todo el resto. La última vez que estuve en Castro d'Ouro fue hace tres años. Las cosas han cambiado mucho. A pesar del viento y del frío, los veraneantes han invadido la playa, pero "a cova do mar" sigue siendo un lugar solitario, de impresionante belleza, un lugar que, no sé bien por qué, siempre me recuerda a Cándida.

Hacía calor y tardé en dormirme. Calculaba, como en un tablero de ajedrez, las distintas jugadas previsibles, pero me molestaba comprobar que mi actuación dependía de la postura de Cándida. Como siempre, ella tenía bazas que yo no conocía. Cuando conseguí dormirme, los recuerdos de infancia se mezclaban en mis sueños con sucesos recientes. Veía a Cándida en la "cueva", pero no correspondía a ninguna época determinada, era, sencillamente, con esa típica incongruencia de los sueños, Cándida: su pelo rubio que a veces ocultaba su rostro como una cortina, sus ojos verdes en los que las pestañas ponían sombras oscuras, el pálido óvalo de su rostro, su figura esbelta, de cabos finos como un caballo de raza, sus pechos inesperados, demasiado grandes, que sorprendían como el zarpazo de un tigre agazapado y rompían la armonía de una figura frágil y delicada, y de nuevo los ojos verdes cruzados de sombras negras. Había alguien más en "a cova do mar", un joven rubio, era Juan, o quizá no era

8. Examen de estado que constaba de dos ejercicios, uno común y otro específico, de latín y griego para los estudiantes de letras, y de matemáticas, física, y química, para los de ciencias. Aprobada la reválida se accedía al curso preuniversitario.

9. Las milicias permitían a los universitarios cumplir el servicio militar en tres etapas, dos veranos y unas prácticas de cuatro meses, en lugar de tener que permanecer en el ejército por año y medio ininterrumpidos.

Juan. Cándida le abrazaba e intentaba quitarle una caracola que Juan levantaba en alto, jugando. Levantaba en alto la caracola y ella pegaba su cuerpo al mío para alcanzarla; sentía el calor de sus pechos, su aliento en mi cara... Cándida se llevó la caracola y sonreía a Juan mientras salía por el pasadizo, con la mano le hacía señas para que esperase allí. El agua mojaba ya los pies de Cándida pero no daba la señal y yo seguía allí dentro, esperando, oyendo ya el ruido de las olas. Después me veía en la camilla del sanatorio. Herda, a mi lado, me decía que todo iba bien, yo quería decirle que la quería, que era muy buena y que la quería, pero sabía que el tartamudeo no me dejaría acabar la frase y le apreté una mano, no quería que me dejase solo, pero me empujaban en la camilla y ella se quedó atrás, me llevaban a una sala de operaciones, quise explicarles que estaban equivocados, yo sólo necesitaba reposo, una temporada de reposo, pero nadie hacía caso de mi tartamudeo, me pusieron un algodón en la boca, el médico tenía una navaja de afeitar en sus manos, unas manos negras, de palmas sonrosadas, quería gritar, el negro me puso la mano en la boca y apretó, apoyó en mi boca su mano negra para que la sangre no saliera, entonces, cuando me hundía en el vientre la navaja, pude ver sus ojos, verdes, verdes, verdes...

Me desperté tarde y por primera vez en los últimos días con sensación de cansancio. Me tomé el pulso y me puse de mal humor, me dije a mí mismo que los viajes siempre cansan y que no debía empezar con aprensiones. Llamé a Herda y le pedí que viniera ella; no me apetecía aparecer por el despacho. Apenas media hora más tarde oí su llavín en la puerta. Decidí parar el aluvión de preguntas y recriminaciones con un método clásico y de reconocida eficacia. Pasamos un rato agradable.

Herda no sabía nada del asunto. Se había limitado a

meter la carta de Cándida en un sobre y enviarla a Palma
y ni siquiera había relacionado mi precipitada vuelta con
ese hecho. Para ella no había sido más que otro caso de
señora que se pone histérica y necesita ver a su abogado.
Lo de la carta se lo había dicho para quitársela de encima
y nunca creyó que redactara "un informe". Cuando recibió la gruesa carta, su conciencia profesional le había obligado a enviármela. Me recordó que, bajo ningún concepto, debía interrumpir mi reposo, que en el despacho
estaban resolviendo varios casos sin necesidad de mi presencia —cosa que me cabreó bastante— y que podían
ocuparse también de éste. Le dije que *éste* tendría que
resolverlo yo y me iba a Santiago de Compostela. Se tomó
un buen rato para buscar un cigarrillo en su bolso:
"¿Quieres decir que se trata de un asunto personal?". "En
cierto modo, sí". Sabía que a Herda la desesperaban esa
clase de respuestas ambiguas que en el despacho llamaban
"de gallego". Fumó un rato en silencio. Su voz era tranquila cuando preguntó: "¿Tienes ya billete y alojamiento
o necesitas que nos ocupemos de eso?". Tenía ya billete y
le dije que probablemente iría a casa de Javier. Se levantó
y caminó hacia la puerta: "Bien, si no necesitas nada más
del despacho me voy". Me sentía cada vez más cabreado:
"Espero que los asuntos que estáis resolviendo en el despacho no sean como los que has venido a resolver aquí
esta mañana". Vi cómo sus ojos se llenaban de lágrimas
antes de que volviese la espalda. Sabía que era injusto,
pero no fue esa la razón que me hizo detenerla y estre-
charla en mis brazos; la necesitaba. Herda era mi presente, la vida que yo había elegido; no quería que Cándida
trastornara ese engranaje que ahora funcionaba a mi gusto. El precio era una serie de explicaciones y me dispuse a
darlas: en efecto, "esa mujer" no era una simple cliente,
era más que una amiga de la infancia, nunca habíamos

tenido relaciones amorosas, ni era mi amor platónico, sencillamente, era una Monterroso de Cela, pero esto a Herda no le decía nada, no sabía nada sobre mi padre, ni lo que era vivir en un pueblo, ni tenía condenada idea de quién había sido el mariscal D. Pedro Pardo de Cela. Motivos todos que la hacían especialmente atractiva para mí. Además, su piel estaba tostada por el sol, sus ojos azules brillaban espléndidos y hacía varias semanas que no nos veíamos. Ella debía de sentir algo parecido.

III

Al contrario de Herda, Javier parecía esperar mi llamada: Por supuesto, viviría en su casa, los chicos mayores estaban de vacaciones y *sólo* estaban allí los tres pequeños, de modo que había sitio. Él tenía una reunión en el despacho, pero probablemente Marta pasaría a recogerme al aeropuerto, hablaríamos por la noche.

En efecto, Marta me esperaba con su dulce sonrisa de siempre. Parecía imposible que de aquel cuerpecillo menudo hubieran salido seis chicarrones, todos "roxos" como su padre. Marta es una persona entrañable. El mundo puede hundirse a su alrededor y ella seguirá pintando hermosos paisajes gallegos. Los cuadros de Marta se han vendido siempre como los churros. Es sobrina de Ramón de Castedo, pero, al revés de su tío, vende todo lo que pinta. Cuando se casaron, Javier quiso convertirla al marxismo y la pintura social. Javier había claudicado en lo del matrimonio eclesiástico, pero estaba dispuesto a transformar a la descendiente de una de las más linajudas —y arruinadas— familias gallegas en una punta de lanza de la lucha de clases. Marta convino en que era injusto pintar aquellos cuadros tan bonitos mientras había niños gallegos que se morían de hambre. Lo de los niños gallegos no se lo creyó del todo, pero pensó que, en definitiva, es lo mismo un niño gallego que un niño indio, de modo que guardó las pinturas y los lienzos y se puso a criar "roxiños" y geranios en maceta. Había nacido en un pazo, viejo y ruinoso, pero rodeado de prados, y necesitaba lo verde para vivir. Javier tardó poco tiempo en descubrir —y a ello contribuyeron los pequeños "roxiños", que comían como lobos— que no se debe violentar la libertad del artista, axioma que desentonaba con su sólida fe marxista, pero que consiguió encajar mediante un nuevo descubrimiento: los cuadros de Marta le gustaban a todo el mundo, eran la expresión de un pueblo oprimido por un centralismo secular. Frente a la seca y árida meseta, Galicia "verde e ceibe".[10] Marta volvió a sacar sus bártulos de pintora y la economía familiar mejoró notablemente, aunque es cierto que una buena parte de los ingresos llegados por la vía artística iban a enterrarse en el despacho laboralista que Javier se empeñó en montar en Santiago, contra todas las recomendaciones. Un despacho laboralista a comienzos de los sesenta sólo podía funcionar en Madrid o en Barcelona. Trabajó en lo que pudo durante años, pero había conseguido convertirse en mentor espiritual de la más inquieta juventud universitaria y el partido seguía teniendo en él al líder indiscutible. Era inmune al desaliento. Siempre estuvo convencido de que "esto se acaba" y de que eran "los últimos coletazos del dragón".[11] Tras haber sido apaleado a placer y sin posibilidad de revancha, con las narices hinchadas por los golpes y con dos dientes de menos, Javier conseguía convencernos de que "nos

10. *ceibe:* Libre.
11. Hace referencia al final del gobierno de Francisco Franco (1892-1975).

persiguen porque nos temen". En nuestra época de estudiantes, Javier se ganó para siempre su fama de "elemento peligroso" y de "defensor de la libertad", según desde donde se le mirara. Desde los ojos de Marta y de muchos otros estudiantes era, sencillamente, un héroe.

Cuando en el mayo francés del 68 la figura de Dany el Rojo[12] saltó a la actualidad mundial, muchas madres de familia treintonas debieron de rememorar sus sueños juveniles en torno a Javier, y todos los que por aquellos años habíamos soñado con transformar la sociedad que nos había tocado vivir, pensamos en la suerte jodida que habíamos tenido.

Durante muchos años, Javier me sermoneó sobre lo que consideraba una deserción: "aquí es donde se puede hacer una verdadera labor", "nuestro pueblo es éste y nuestros enemigos están aquí". Cuando nos pusieron la bomba en el despacho, Javier se presentó inmediatamente en Madrid. Entre él y Herda llevaron adelante todos los asuntos y el despacho, en la parte laboralista, no dejó de funcionar. Cuando se retiraron los escombros, se levantaron de nuevo los tabiques, se pusieron nuevas puertas y ventanas, cuando Luis pudo volver apoyándose en unos bastones y a mí me quitaron la escayola, Javier se volvió "al pueblo". Con él se llevó el corazón de nuestras chicas: todo el despacho respiraba un aire heroico que nunca había tenido. Pero desde entonces no ha vuelto a sermonearme.

Marta me miraba sonriente.

—Tienes mejor aspecto que nunca, ¡qué moreno!... Por aquí tuvimos unos días muy buenos, pero ahora vuelve a hacer frío. Tendré que cuidarte bien, si no Herda...

12. Danny el Rojo, pseudónimo de Daniel Cohn Bendit, fue el portavoz de los universitarios franceses, uno de los segmentos sociales que se manifestó de forma violenta (del 3 al 30 de mayo de 1968) contra el gobierno del general Charles De Gaulle.

Me preguntó si quería hacer algo y ante mi negativa fuimos a recoger a "los pequeños", tres robustos ejemplares pelirrojos de menos de diez años. Se revolcaban en un parque entre disparos y gritos estentóreos. Marta los miró con una mezcla de orgullo y resignación.

—Cuando están limpios son aún más guapos.

En efecto, salieron del cuarto de baño relucientes, olorosos y enfundados en unos pijamas que les hacían parecer pequeños astronautas. No sé por qué extraña razón los tres vinieron a sentarse en mi butaca; quizá pensaban que un asiento que tenía dos brazos y un respaldo era excesivo para una sola persona. Desde distintos puntos de la casa la voz de Marta lanzaba llamadas al orden: "no deis la lata a Pedro", "recoged vuestras cosas", "no dejéis los juguetes en el comedor"... Era una música de fondo que no parecía preocupar a los muchachos, muy interesados en observarme mediante el procedimiento de dejarse caer sobre mis flancos y espalda desde sus primitivas posiciones en el sofá. Al fin el más pequeño inició el turno de las preguntas, que eran la causa de su desusado interés:

—¿Llevas chaleco antibalas?

—¿No te han puesto más bombas?

—¿Los vas a perseguir a los que quisieron matarte?

—¿Es verdad que saliste volando por la ventana?

—Los hombres de Harrelsson[13] pueden trepar hasta un rascacielos.

—Y siempre ganan, cogen a los malos.

—Si no los coges, volverán otro día.

—Yo llevaría siempre un casco y un chaleco antibalas.

—Y en la puerta pondría un aparato para que tocara un timbre cuando alguien viniera con una bomba.

---

13. Telefilm norteamericano protagonizado por un comando especial de intervención rápida, que fue muy popular en los años setenta.

—Papá no nos deja ir al despacho, pero estamos inventando un truco contra las bombas...

—Se pone un cordón en la puerta, un cordón disimulado, ¡eh!, y todo el mundo tropieza, y si lleva una bomba, así se le cae y lo mata.

—Y también una manguera como la de los bomberos, lo mojas todo bien y así ya no puede estallar, sólo que se moja la tinta...

La voz de Marta pronunció la palabra mágica: "¡A cenar!". Todavía, antes de abandonar sus posiciones de asalto a mi persona, el más mayor de los pequeños declaró con toda seriedad:

—Si estás en algún apuro, cuenta con nosotros.

Después se lanzaron hacia el comedor con el ímpetu conquistador de unos cosacos. Verdaderamente, los genes son los genes.

Le pregunté a Marta si conservaba los números del periódico en que habían salido las publicaciones de marras. Las estaba leyendo cuando llegó Javier. Nos dimos los abrazos de siempre e hizo unos comentarios acerca de mi buen aspecto que me hicieron pensar que lo mío debía de haber sido más grave de lo que me habían dicho: era demasiada insistencia la de todo el mundo en el buen aspecto.

Durante la cena hablamos de política, de Herda, de cine, del número de libros que se editaban ahora en gallego, de que al chico mayor le apetecía hacer Física Nuclear y que vaya lata tener que mandarlo a Madrid y enfilábamos de nuevo el tema de mi buen color y del tiempo cuando decidí coger el toro por los cuernos.

—¿Por qué no me preguntáis de una puñetera vez a qué he venido?

Javier hizo un gesto vago.

—Hace unas tres semanas Cándida estuvo aquí para in-

tentar localizarte. Lo que me extraña es que llegues ahora. ¿Has hablado ya con ella?

—No. Prefería hacerlo antes contigo. Me escribió una
larga carta, pero hay bastantes cosas que no entiendo y
querría tener una versión de los hechos, digamos, obje
tiva.

—Bien. Tú dirás qué quieres saber y yo te diré lo que
sé. Pero, probablemente, tú estarás mejor informado.

Desde mi llegada había tenido la confusa sensación de
que algo no marchaba como siempre. No podían ser celos
profesionales. Cándida me encargaba a mí los asuntos
más "feos" y a Javier le había servido en bandeja el éxito
más clamoroso de toda su vida profesional: el pleito contra los frailes. Don Leopoldo había cedido los terrenos y
sufragado la construcción de un colegio donde pudieran
estudiar gratuitamente los hijos de todos los que trabajaban en sus tierras. Los frailes lo habían ido convirtiendo
de forma paulatina en un colegio de pago con alumnos
becarios, que comenzaron siendo mayoría y después una
minoría, discriminada mediante el uso de uniformes distintos, clases distintas y entradas y salidas distintas. Al
final, los buenos frailes habían querido vender los terrenos a una inmobiliaria para trasladar sus reales a las afue-
ras. En aquellos momentos, el despacho laborista de Javier seguía siendo una utopía y la familia sobrevivía
gracias a los ingresos pictóricos de Marta. Los Monterroso decidieron desempolvar los documentos de donación
del abuelo a instancias de Jacobo, convertido ya entonces
en apóstol de la caridad y la pobreza evangélica, y no me
cabe duda de que fue Cándida quien canalizó las reivindicaciones familiares hacia el despacho de Javier. El pleito
llegó al Supremo y para Javier fue un éxito en toda línea:
arremetió contra los frailes con argumentos jurídicos y
con la rabia acumulada durante años de "becario". De-

fendía, además, los derechos de los trabajadores a una enseñanza gratuita y sólo de forma muy indirecta se podía pensar que defendía los intereses de los Monterroso, quienes, sin embargo, proyectaban sobre él su acrisolada alcurnia e impedían que el asunto fuese interpretado como una conspiración judeo-masónica. Es posible, sin embargo, que Javier siguiera torturándose con las dudas que su vinculación a los Monterroso le había planteado en los años de estudiante.

De aquellos años conservo de mí mismo la imagen de una especie de correveidile, de marioneta, de personajillo de relleno en medio de Cándida, de Juan, de Javier y de Marta. Incluso Marta, tan dulce, tan suave, desempeñaba un papel protagonista que yo nunca tuve. Los Monterroso tenían entonces dos casas en Santiago. Una era la del viejo D. Arturo, catedrático de Medicina, ateo, republicano, casado tras largas vicisitudes con D.ª Aurora, tía abuela de Cándida, muertos los dos ya por aquélla época. La otra era la de los padres de Cándida. Las sucesivas oleadas de Monterrosos que iban llegando a la Universidad se repartían entre las dos casas. Los Monterroso machos eran mujeriegos por tradición y en aquellos años Juan hacía honor a su nombre y al de sus mayores. En cuanto a las hembras, rubias, pechugonas, ojiclaras y cariñosas —con la excepción de Cándida, que tenía fama de iceberg— causaban estragos en la población estudiantil. Ni unos ni otras hacían distinciones de clase social; igual que en la infancia, "jugaban con todos", aunque, eso sí, se casaban con los de su clase —y aquí la excepción fue Marta—.

Entre Marta, Cándida, Javier y yo se estableció durante los años de carrera una relación que no era estrictamente amistosa. Marta adoraba a Javier sin disimulos. Le ofrecía su amor como una especie de desagravio por "el paseo" a su padre, por sus pantalones raídos, por las palizas de los falangistas y la policía, por el expediente académico, en fin, por todo lo que convertía a Javier en la antítesis social de su propia familia. Es verdad que su adoración era compartida entonces por muchas otras chicas. Javier, con su pelo rojo, su aspecto descamisado, su fama de torturado y de que "no había hablado", no sólo era un líder estudiantil, sino el James Dean[14] de las mozas universitarias, que por aquellos años eran de clase media para arriba, en su mayoría. Juan Monterroso debía de ser el príncipe azul y, además, sin ningún esfuerzo; le bastaba con ser un Monterroso de Cela, pasear su airosa figura por el Toral[15] y dejar que se fijaran en su hermosa cabeza de busto griego y en aquellos ojos verdes que eran la marca de la casa.

Cándida es sólo dos años mayor que Marta, pero entonces aparentaba mucho más. Son primas por parte de su madre y Cándida volcaba sobre ella el mismo cariño despótico y protector que había sentido hacia su propia madre: una mujer suave, dulce, apacible, con una belleza frágil y un poco triste. Supongo que las veleidades de su marido debían de contribuir a aquel aire melancólico con que la recuerdo y quizá también la frialdad de Cándida hacia su padre obedecía al mismo motivo. Su decisión de estudiar Medicina, la misma manera tan peculiar y anacrónica con que hoy la sigue ejerciendo, fueron condicionados sin duda por la sorda lucha contra la enfermedad de su madre. El aire desvalido de Marta y su amorosa pasión, admitida pero no correspondida por Javier, atraía hacia ella la ternura un poco tiránica de Cándida.

Cándida y Javier se pasaban la vida en una perenne dis-

---

14. James Dean (1931-1955), actor norteamericano que alcanzó una gran popularidad. Murió en un accidente de automóvil en California. Sus películas más famosas son: *Al este del Edén* y *Rebelde sin causa*.

15. Plaza situada en el casco antiguo de Santiago, donde se encuentra el famoso palacio de los marqueses de Bendaña, del siglo XVIII.

cusión. Opinaban lo contrario sobre cualquier tema y organizaban interminables polémicas en las que pasaban revista a los grandes problemas de la humanidad. Habían llegado al acuerdo común de no discutir sobre religión ni política porque ya sabían que ahí sus posiciones eran irreductibles "por principio" (frase de Javier), pero, de todas formas, las posibilidades eran amplísimas, dado sobre todo el nivel teórico en el que se movían los dos. Sin llegar jamás a reñir, defendían su postura como si en ello les fuera la vida. Javier, en el tono apasionado que le era característico, contundente, con frases rotundas y buscando muchas veces apoyo en "la opinión de la mayoría", que solían ser amiguetes que se añadían. Cándida se descolgaba con argumentos de carácter científico, sus recursos eran la ironía y el sarcasmo y tenía sobre Javier y sobre cualquiera de nosotros la ventaja de una magnífica biblioteca, que procedía en gran parte de la de D. Arturo, el viejo catedrático de medicina, casado con su tía abuela. Vistas a distancia de años, resulta que en aquellas discusiones las posiciones más revolucionarias y avanzadas no solían proceder de Javier, que fuera del estricto credo marxista se movía por puras intuiciones, sino de Cándida. Los temas eran "apasionantes": ¿Es la atracción física lo más decisivo en las relaciones humanas? ¿Es la raza negra, fisiológicamente, superior a la blanca? ¿La libertad del artista está por encima de su compromiso histórico como individuo? ¿Hay vida en otros planetas? ¿En puros términos estéticos, es el cuerpo del hombre más bello que el de la mujer? Y, además, la eutanasia, visiones, apariciones y éxtasis, posibles formas de sobrevivencia, la monogamia, la poligamia, el matriarcado, el numerus clausus, la virginidad, las comunas, la fidelidad (a una causa) y el fanatismo, la integración y el individualismo, la resistencia pasiva, el posibilismo, el gallego y el esperanto.

Había un tema sobre el que volvíamos con una frecuencia casi obsesiva y que quedó eliminado cuando detuvieron a Javier y lo tuvieron tres días encerrado: la tortura. Las ideas de Cándida al respecto eran totalmente antiheroicas y provocaban muchas veces la indignación de contertulios ocasionales, que no estaban acostumbrados al puro juego de inteligencia en que la discusión se convertía para ella. Estoy seguro de que defendía algunas de las ideas por el placer de discutir, de buscarle a las cosas la otra cara, pero que no respondían a convicciones íntimas. En el caso de la tortura, era nuestro propio miedo el que nos hacía aferrarnos a posiciones heroicas. Para Cándida las cosas eran muy claras: "para mí no tiene más mérito alguien que no habla, si es torturado, que otro que sí lo hace. El que habla es porque lo han torturado más y mejor". Sus palabras adoptaban la forma más provocativa y chocante: "sin prisas y con inteligencia se hace hablar a todo el mundo". Nos lanzábamos sobre ella como si estuviera defendiendo la tortura, le lanzaban —le lanzábamos— nuestros argumentos, nuestros ejemplos —la resistencia francesa, sobre todo— como le hubiéramos lanzado piedras, porque nos desmoralizaba, porque nos robaba nuestra esperanza de poder resistir, porque nos enfrentaba al hecho espantoso de que el callarse era sólo una cuestión de suerte. Javier nunca habló de aquellos tres días. No hubo más detenciones y todos pensamos que no había hablado, lo creímos firmemente porque nos hacía falta creerlo. El tema no volvió a suscitarse. Cándida fue la única persona que siguió tratando a Javier igual que antes.

A Cándida, la relación con Javier no le creaba problemas; respondía al esquema de comportamiento de los Monterroso: hablar con todo el mundo y seguir gozando de los privilegios feudales de su apellido; "o Roxo" no tenía por qué ser una excepción. Por aquellos años, las casas particulares que recibían estudiantes en pensión, que solían ser casas de viudas o familias de jubilados, imponían como condición indiscutible la de "no recibir chicas". Cándida se saltaba la norma a la torera y se presentaba en la casa de mi patrona, una meliflua viuda cuarentona, siempre que le venía en gana. Yo me hubiera dejado cortar una mano antes que decírselo, por lo que tuvo que ser la viuda quien muy finamente le recordó la norma. Cándida la miró como debía mirar el mariscal a un siervo de la gleba que se atreviera a hablarle y con un gesto de suprema condescendencia le contestó: "Mire usted, yo no soy una señorita, yo soy Cándida Monterroso de Cela" y ante mis aterrados ojos se metió en mi habitación y cerró la puerta. Aquella noche bajé al comedor dispuesto a despedirme a la menor insinuación, pero mi patrona ni mencionó el tema y estuvo, por el contrario, más amable que nunca. Cándida continuó apareciendo por la casa lo mismo que antes, acabó convirtiéndose en médico de la viuda —entonces le faltaban por lo menos dos años para terminar la carrera— y contribuyó de forma decisiva a su nuevo matrimonio. Nunca pude comprender cómo Cándida aguantaba los rollos de aquella mujer repugnante, le recomendaba pomadas para la artritis y sopesaba con ella los pros y contras de un cambio de estado. Lo cierto es que mi patrona cayó también bajo la tiránica tutela de Cándida, que incluso consiguió que mejoraran cuantitativamente nuestros menús, desde el día en que le dijo que "estos pupilos son un descrédito para su casa, Carmen, parecen tuberculosos, sobre todo Pedro". Doña Carmen decidió añadir a la sopa y a los huevos nocturnos algún chorizo, embutido o tocino frito.

Javier no tenía que pasar por la tortura de una patrona porque tenía una habitación en una casa donde vivían también dos linotipistas del periódico y un conductor de una empresa de autobuses. Eran del partido, pero no asistían a las reuniones de estudiantes. Desempeñaban cada uno, en su medio, un papel similar al de Javier en la Universidad. Con ellos, Javier no tenía problemas. En realidad no los tenía con nadie porque las preguntas de los compañeros obedecían sólo a la natural curiosidad. Era evidente que a la Castedo se le caía la baba por Javier y a todos les parecía espléndido que Javier la paseara, y si se la llevaba a la cama, mejor. Pero, ¿y Cándida?, porque para todo el mundo estaba claro que yo allí no pintaba nada. Por otra parte, los Castedo eran aristócratas, pero más pobres que las ratas y, además, un tío de Marta había muerto luchando en el ejército republicano. Pero los Monterroso conservaban el prestigio mítico del viejo don Leopoldo y se las habían arreglado para no pringarse las manos directamente y seguir mandando; es decir, eran "el enemigo". ¿Y Cándida?, ¿es que entre Cándida y él...?, ¿es que a él Cándida...? Javier acababa siempre soltando una soflama política y aludiendo a razones de estrategia y a la necesidad de ofrecer una imagen respetable: eso era la clandestinidad. Dudo mucho de que convenciese a nadie, pero todos lo dejaban estar hasta que aparecía otro nuevo y volvía a plantear la cuestión. Javier, en su intento de persuadirles de su desinterés personal, llegó a ejercer durante cierto tiempo el oficio de Celestina:[16] no sólo le presentaba a Cándida un sinnúmero de "amigos" que aparecían "por casualidad", sino que se las arreglaba para arrastrarnos a mí y a Marta y dejarla sola con su admi-

---

16. *La Celestina* (1499), el primer gran monumento del arte escénico español, cuenta la historia de los amores de Calisto y Melibea, propiciados por las idas y venidas a casa de la enamorada con recados del galán introducidos secretamente por la vieja Celestina, quien, a su vez, alienta las relaciones con todo tipo de mañas. De ahí viene la caracterización del oficio de Celestina, de ejercer la tercería, de alcahueta.

rador. La maniobra era evidente, pero Cándida se prestaba al juego y nunca puso inconveniente. El "amigo" no solía reincidir y la fama de iceberg de Cándida se fue extendiendo cada vez más. Creo que Javier nunca consiguió ver a Cándida como perteneciente a "los enemigos del pueblo"[17] y eso le desasosegaba, rompía sus esquemas éticos, pero no sé cuáles eran sus sentimientos hacia ella, probablemente ni él mismo lo sabía. En una ocasión, tras una de aquellas reuniones en las que alguien le preguntó una vez más si eran amigos, mientras me acompañaba a mi casa "para despejarse", Javier soltó lo más sincero que le había oído nunca sobre aquel jodido tema: "Hemos crecido con Cándida, hemos jugado con Cándida, nos hemos pegado con Cándida... ¿por qué coño se extrañan tanto de que salga con Cándida?". Me dolió que me hubiera excluido del final; habíamos crecido juntos, habíamos jugado, pero era él quien salía... Me sentí muy herido, porque además yo sabía que no era él quien salía con Cándida sino Cándida quien salía con él, con él y también conmigo, aunque nadie pareciera darse cuenta. Pero no se lo dije. Había un momento en que la sonrisa alegre y desenfadada de Juan Monterroso de Cela y Villamil desaparecía de su hermoso rostro: cuando veía aparecer a su prima acompañada de la inconfundible figura del "Roxo". Y era entonces cuando el pálido rostro de la impasible y fría Cándida Monterroso de Cela y Castedo se iluminaba con una sonrisa que hacía rebrillar sus ojos como el mar bajo el sol. Entonces parecía realmente hermosa.

Javier insistió de nuevo:

17. Alusión a una obra del escritor noruego Henrik Ibsen (1828-1906), autor del drama *Un enemigo del pueblo* (1882), donde a la persona, encarnada en la patética figura del Dr. Stockmann, que cuestiona la bondad de ciertas actuaciones hechas en nombre del bien común, se le considera un enemigo de las masas.

—¿Quieres un resumen de los hechos o prefieres preguntar?

Conocía a Javier lo suficiente como para saber que su resumen iría salpicado de comentarios:

—Un resumen.

Señaló con un gesto los periódicos que había estado leyendo.

—Como ves, empezaron hace un mes. Sólo podían ser de alguien muy cercano a la familia para conocer tantos detalles. La gente estaba desconcertada. *La Ilustración* se lee en toda Galicia y fueron muchos los que se dieron cuenta de que se refería a los Monterroso. A Marta la llamaron algunos parientes. Ellos también estaban desconcertados. El "diario de una solterona católica" parecía referirse en efecto a sucesos y personas de la familia, pero ¿quién podía publicar una cosa así? El nombre de "Cándida" con que iba firmado no contribuía a aclarar las cosas. Todo hacía pensar en una maniobra política contra Pablo Monterroso que se presentaba a las elecciones y que de forma inmediata es el más perjudicado por el escándalo. En el segundo capítulo, aparte de otros trapos sucios, se contaba la anécdota de Pablo en el casino de La Coruña con lo cual quedaba fuera de duda contra quién iban los tiros, pero al mismo tiempo aumentó el desconcierto porque parecía imposible que los Monterroso dejasen que se publicaran aquellas "memorias" o "diario". En cierto modo, el hecho mismo de su publicación hacía dudar de que pudiera referirse a ellos.

Javier se frotó la barba, meditabundo, antes de continuar:

—Probablemente ha habido una buena dosis de azar en todo este asunto: un director de periódico, joven, y que no se entera de la bomba que le han colocado bajo la forma de creación literaria; Pablo, que decide arreglar las cosas por su cuenta para evitar que los chicos de la prensa

se pongan a indagar sobre una publicación que se les prohí-
be... No quiero echármelas de profeta: pocos días después
de la primera aparición del "diario" se presentó por el despacho un chico. Ya sabes, aparecen por allí cuando tienen
problemas. Estaba buscando un cuarto. Vivía con otro muchacho al que le habían dado una paliza por "algo" que
había publicado en un periódico. Estaba cabreado porque
le habían tocado unas tortas en el reparto sin saber siquiera
de qué iba la cosa. "Es un tío egoísta —me dijo— que ni
siquiera me lo agradeció. Además, se cree más listo que
nadie y todo se le vuelven misterios, no está más que a la
suya. Al comienzo intentaba hablar con él, oye, un poco
por ver cómo respiraba y además, joder, porque no vas a
estar como un mueble. Pues el tío, nada, siempre agarrado
a un libro o con unas láminas de escudos, que está haciendo
la tesis sobre no sé qué historias, y se quedaba con el dedo
señalando la página o seguía mirando aquella mierda de
escudos, y si te miraba, peor, oye, que a uno se le quitaban
las ganas, y además que a mí me parece que esto es un
ajuste de cuentas, le dieron duro, eso sí, pero de los nuestros no es, así que, mira, que se joda. Yo me largo". Estaba
harto y se largaba, así que le encargué que le dijese al otro
que si necesitaba algo se pasara por el despacho. No creía
que fuera a venir, pero me acordaba de mis años de estudiante y me hubiera gustado echarle una mano.

Marta le miraba con la misma adoración de entonces.
Decidí aligerar el relato con algunas preguntas:

—¿Llegó a venir?, ¿sabes quién es?

Javier subrayó sus palabras con un gesto de cabeza.

—Era hijo de Dolores la del Caminero, la que se casó
después con el guarda de Conxo. Te acordarás de ella,
una buena moza, guapa, con un moño de rodela...[18]

18. *moño de rodela:* Trenza enroscada en la parte superior de la cabeza.

Me acordaba, era cinco o seis años mayor que nosotros y lavaba para los Monterroso. Más de una vez Javier y yo habíamos ido al río a ver cómo meneaba la grupa al refrotar la ropa. Ya lo creo que era una real moza. Pero tuve de pronto la impresión de que mis recuerdos me estaban alejando de lo que Javier decía.

—¿Has dicho "era"?

Javier me observó mientras aclaraba:

—El chico se estrelló en el barranco de la carretera de Castro d'Ouro. Hace una semana.

Había estado esperando algo así, pero no experimentaba ningún placer ante mi perspicacia. También hubiera jurado que Javier sabía o, al menos, sospechaba mi ignorancia ante aquella muerte y tampoco me producía ningún placer esa impresión. Me molestaba estar jugando al escondite con mi mejor amigo, pero no era cosa de decir "pongamos las cartas boca arriba y sepamos de una vez en qué estamos los dos metidos". Nada en la actitud de Javier animaba a hacer una declaración de tal tipo. De modo que decidí seguir estirando la situación hasta donde pudiera.

—Volvamos atrás. Habíamos quedado en que ese chico vino a verte, ¿qué te contó?

Javier se dio unos paseos por el cuarto y ahora parecía ser él quien consideraba la oportunidad de poner las cartas boca arriba. No lo hizo.

—Se supone que estás aquí en calidad de abogado de Cándida y yo respeto el secreto profesional —dudó un momento—. Ese chico vino aquí en busca de ayuda. Los de K.M. le habían dado una paliza y temía que le robaran unos papeles a los que concedía mucha importancia.

Tenía la impresión de que Javier no decía todo lo que sabía, pero no podía reprochárselo. Yo hacía lo mismo.

—No he venido como abogado de Cándida. Al menos,

ella no lo planteó así. Me pidió que viniera para ayudar a ese muchacho que, al parecer, se había metido en un buen lío.

Javier dio un respingo. En su voz había una nota de sorpresa o quizá de indignación.

—¿Quieres decir que Cándida protegía a ese tipo?

—En su carta —remaché— hay una clara preocupación por lo que pueda sucederle si continúan las publicaciones.

Javier comenzó a pasearse por el cuarto. Aquellos paseos eran habituales en él cuando algo no encajaba en su teoría previa. Parecía estimular el cerebro por el viejo procedimiento peripatético.

—Ese chico —ya no le llamaba "tipo"— me contó una historia fantástica acerca de un diario que le había entregado la vieja Doña Cándida. En él, al parecer, se encontraban las pruebas para demostrar que era hijo de un Monterroso de Cela. Pero no tenía ninguna intención de entablar un procedimiento judicial. Ni siquiera me permitió ver el tal diario. Buscaba, según dijo, un sitio seguro para guardarlo. Le aseguré que los mismos que le habían roto a él la cara me rompían a mí los cristales y que probara con un apartado de Correos o algún amigo del alma. También le dije que si las pruebas eran convincentes estaba dispuesto a ser su abogado, pero que no contase conmigo para un chantaje. Entonces me lanzó unas cuantas impertinencias del tipo "su mujer es pariente de los Monterroso, ¿verdad?" y, al despedirse, preguntó con mucha petulancia si yo conocía a alguien en la ciudad que no temiese a los Monterroso. Eso fue todo.

—¿Crees que se trataba de un chantajista?

—Creo que era un loco, pero me consta que, al menos a Cándida, estaba molestándola en este sentido. Ella intentó localizarte al comienzo y vino aquí con esa intención, pero nosotros tampoco sabíamos dónde estabas. Ese mozo había estado trabajando en su biblioteca y probablemente fue allí donde robó el diario, si es que ese diario existe, porque yo no llegué a verlo y, dada la índole del contenido, no es verosímil que Cándida u otro miembro de la familia no lo hubieran destruido de conocer su existencia.

Le interrumpí. Yo me acordaba bien de Dolores la del Caminero, pero no tenía ni condenada idea acerca de aquel hijo que había traído al mundo:

—Ese hijo de la del Caminero, ¿era o no un Monterroso? ¿Se sabía en el pueblo?

Javier y Marta se miraron. Habló él.

—Era guapa, trabajaba en la casa... —Javier hizo un gesto como para zanjar una posible discusión—. No cabe duda de que era un Monterroso. Para su desgracia había dado el biotipo clásico: alto, rubio, ojos verdes... Debió de resultarle más difícil que a otros.

Por suerte, los ojos verdes y el pelo rubio no son dominantes en la herencia, si no Castro d'Ouro parecería una tribu celta. En efecto, para aquel chico las cosas no debían de haber sido fáciles. Me puse un poco más de whisky y lo bebí de un trago. Me sentí reconfortado.

—Los datos seguros son: que era un Monterroso, que conocía trapos sucios de la familia, que se dedicó a publicarlos y que ha muerto. ¿Quién creéis que lo hizo? ¿Pablo, Cándida o la familia en bloque?

Javier saltó con impaciencia.

—No seas absurdo. A los Monterroso les sobran recursos para hacer callar a un chantajista sin necesidad de matarlo. Y en cuanto a Cándida, tú mismo acabas de decir que te llamó para ayudar a ese muchacho. Eso parece descartarla de un intento de silenciar por la violencia el escándalo.

—Sólo se me ocurren otras dos posibilidades: accidente

o suicidio. Como accidente no se puede pedir más oportunidad. Es cierto que la Providencia existe y se manifiesta a
veces en casos así; los malos son castigados y los buenos
pueden respirar, al fin, tranquilos. En cuanto al suicidio,
¿conocéis alguna razón para ello?

La voz de Javier vibraba de indignación, a mi juicio
excesiva, cuando habló.

—No soy un policía, ni un detective privado, ni me de-
dico a hozar en la mierda de las relaciones personales
—supongo que era una alusión a las separaciones y anula-
ciones que llevamos en mi despacho— pero a cualquiera
se le ocurriría, al menos, una razón convincente: ese tipo
estaba como un cencerro, sólo así se explica que inten-
tara...

Marta intervino, conciliadora.

—Todos estamos nerviosos. Pedro ha estado enfermo y
ha interrumpido su descanso para venir. Es lógico que le
moleste que no sirva para nada. Pero no hay que oponer-
se a la evidencia. La policía ha dicho que fue un accidente, su familia lo ha aceptado así. No vamos a ser los amigos los que busquemos tres pies al gato.

No dejaba de ser divertido que Marta hablara como si
fuera yo quien había perdido los estribos. Por mi parte,
tenía cada vez más clara la idea de que Javier estaba defendiendo a Cándida de cualquier posible acusación, pero
que también estaba irritado o herido de que ella hubiera
acudido a mí en demanda de una ayuda que, a todas lu-
ces, él estaba dispuesto a prestarle. Resultaba cada vez
más inverosímil que Cándida se hubiera empeñado en hacerme venir a mí, cuando tenía al alcance de su mano a un
amigo y a un abogado que, en contra de lo que decía,
hozaría en toda la mierda que fuera necesario. Estaba seguro de que Cándida y Javier tenían que haber hablado de
aquel asunto, pero él no sabía nada sobre la existencia del

diario ni sobre la índole de las relaciones que se habían establecido entre Cándida y el muchacho. Quizá ella no estuviera segura de la reacción de Javier, o quizá buscó a alguien que no iba a llegar a tiempo.

Las voces de Javier habían despertado al pequeño de la familia que reclamaba la presencia de su madre. Marta aprovechó para despedirse. La corta interrupción parecía haber serenado a Javier, o quizá el hecho de quedarnos los dos solos. Algo me hizo recordar aquellas reuniones en las que el "Roxo" intentaba justificar su relación con una Monterroso ante sus curiosos camaradas estudiantiles. Tras la salida de Marta, estaba más relajado: yo fui siempre la única persona que acepté aquella relación sin comentarios. Javier volvió al tema.

—Has descartado, sin considerarlas siquiera, otras posibilidades. Las cosas no están claras, Pedro, pero yo diría que hay demasiadas "pruebas" contra los Monterroso: se sabe que estuvo trabajando en su biblioteca, que escribió contra ellos, que gentes vinculadas políticamente a Pablo le dieron una paliza, que apareció muerto en el coche de uno de ellos... De momento, la primera consecuencia es que Pablo no se presenta a las elecciones. Si lo hiciera, nosotros íbamos a airear este asunto y por lo menos se vería mezclado en una investigación policial; no le conviene. Sin él, K.M. pierde su baza más importante. Si aplicas las teorías de Agatha Christie[19] ya tienes "el asesino": nosotros somos los más beneficiados por esa muerte.

Sería conmovedor, si no fuera tan irritante. Javier cargando el muerto al partido para alejar las sospechas de la vieja amiga de juventud. Una amiga que ni siquiera se tomaba la molestia de ser sincera. No me hacía ilusiones,

19. Agatha Christie (1891-1976) autora inglesa de libros de misterio. Quizá sea la mejor practicante del género.

si a Javier lo manejaba o intentaba manejarlo yo no iba a ser la excepción.

—¿Qué han dicho en el juzgado?

—Accidente. El chico estaba borracho y no tenía carné de conducir. Intentó irse al pueblo y se cayó por el barranco.

—¿De día?

Javier apretó las mandíbulas.

—A las dos de la madrugada... Acompañé a Cándida cuando la llamaron a declarar. Fue en su coche.

No dije nada. Esperé en silencio a que continuara.

—El chico se presentó aquella mañana en el hospital y le pidió prestado el coche. Tiene testigos, la enfermera y el enfermo que estaba atendiendo.

—¿Acostumbraba Cándida a dejarle el coche?

Javier sonrió con la mitad de la boca.

—Se te dan bien los interrogatorios. Eso mismo le preguntaron a ella... Dijo que, con frecuencia, los amigos de su hijo le pedían el coche. El muchacho se lo había pedido en otra ocasión, pero no se lo había dejado porque lo necesitaba. Por eso se lo dejó aquel día, temía que, si le ponía inconvenientes, el chico pensara que se trataba de una discriminación social.

—¿Dijo ella eso de la discriminación social?

—Sí, y, si te fijas, también dijo que le pedían el coche, no que lo dejase.

—¿Y la policía, intervino?

Javier asintió con un movimiento de cabeza. Fumaba con largas chupadas y su gesto era amargo y duro. La botella de whisky descendía a toda velocidad.

—¿Te acuerdas de nuestras viejas discusiones sobre la tortura?

No me miraba. No necesitaba oírme para saber cuál era la respuesta. Continuó como si hablase solo.

93

—No tienen miedo. Eso les da ventaja. Saben que los otros no van a tener tiempo suficiente ni medios suficientes, por eso pueden aguantar. He visto a mucha gente hundirse sola, bastaba entrar en aquel despacho con olor a rancio, sentarse en aquella silla que se te clavaba en las costillas y que te preguntaran una y otra vez las mismas cosas. Porque no sabías lo que iba a durar, ni lo que iba a venir después... —soltó una risilla— sobre todo sabías que no iba a aparecer el gobernador civil a interesarse por tu salud.

—¿Fue eso lo que sucedió?

—Más o menos. ¿Recuerdas aquella historia de la abuela de los Moscoso, la que apareció muerta?, ¿y la de Guitián? Debe de haber una tradición de ese tipo en la policía. Apretarles las clavijas, conseguir una confesión y estar dispuesto a olvidarse de ella a cambio de "pequeños" favores. Supongo que intentaron algo así.

Javier bebe poco y las ideas o lo que fuese empezaban a mezclarse en su cabeza. Yo buscaba un relato objetivo y me estaba encontrando con un revoltijo de viejas historias.

—¿Qué sucedió? ¿Qué les dijo Cándida? ¿Qué coño pasó allí?

Javier se echó a reír.

—No sufras. La familia sigue funcionando a la perfección. Si no la llegan a soltar, el mismísimo arzobispo hubiera acudido a lanzar anatema a las dependencias de la policía. Un despliegue como en los mejores tiempos; hermoso de ver, créeme. A ese tipo se le ha caído el pelo.

Sabía por experiencia que las borracheras de Javier eran pesadísimas, pero no podía irme a la cama después de lo que había oído.

—Has dicho "si no la llegan a soltar", ¿es que ha estado detenida?

—Todo un día. Desde la mañana hasta la noche, fíjate bien: un día entero.

—¿Y qué pasó, qué les dijo?

—Ahí, ahí quería que llegases, ¿qué les dijo, eh? ¿Por qué no se lo preguntas a Cándida? ¿Por qué prefieres preguntármelo a mí? Recuérdalo, Pedro, "con tiempo y sin prisas se puede hacer hablar a cualquiera"...

La frase parecía haberle hecho el efecto de un café. Su voz sonaba otra vez más firme. Me miró. Tenía los ojos enrojecidos y parecía cansado.

—¿Qué les dijo?... Nunca hay bastante tiempo para hacer hablar a un Monterroso y ellos lo saben muy bien. Supongo que no les dijo nada más que lo que quiso decir —se pasó la mano por la frente—. Lo mismo que me dijo a mí: ese chico hacía una tesis doctoral sobre el mariscal Pardo de Cela, trabajó en su biblioteca, le dejó su coche el martes por la mañana y esa fue la última vez que lo vio... De modo que asunto concluido.

—¿No es demasiado pronto para decir asunto concluido? Si hay algún cabo suelto, y sí parece que los hay, la policía puede volver a la carga.

—No seas ingenuo, Pedro. La policía no tiene ningún interés en menear este asunto. Se trataba de *un* policía concreto, de esa rata de Meilán, pero midió mal sus fuerzas y no me extrañaría que le estén buscando trabajo en Bilbao.[20]

—Si tuvo a Cándida todo el día yo no estaría tan seguro.

Javier se rió sin ninguna alegría. Sacudió la cabeza y decidió darle otro empujón al whisky.

—Nosotros tenemos miedo, Pedro, siempre lo hemos tenido, un miedo ancestral que desde niños nos hacía so-

---

20. Durante años el destino de los policías a Bilbao fue considerado un castigo, por el peligro de los ataques terroristas contra los cuerpos armados.

ñar con ser héroes. Acuérdate, Pedro, desde niños. Nosotros luchábamos con nuestro miedo para entrar en la "cova do mar", porque nos aterraba el recuerdo del Benino. Ellos jugaban a tener miedo porque no sabían lo que era... Fui a esperar a Cándida. Quería estar allí, verle la cara cuando saliera de aquel maldito despacho que yo conozco tan bien. Puedes estar seguro, Pedro: es Meilán el que está perdido.

—¿Y la familia del chico?

Javier negó con la cabeza. Yo también me sentía cansado.

—Entonces es asunto concluido y a gusto de todos, por lo visto: la policía no se mete porque se trata de los Monterroso, la familia del chico, o tiene miedo o se ve libre de un elemento extraño que le complicaba la vida, los Monterroso se sacuden de encima al "chantajista" y vosotros os libráis de un rival poderoso a la hora de las elecciones. Perfecto. ¿Crees de veras que Pablo va a retirarse? Tú mismo has hablado de despliegue de fuerzas; no parece que vayan a dejarse achantar por las buenas.

Siempre que surge el tema renace el optimismo de nuestros mejores tiempos. Ahora el alcohol le daba una seriedad casi cómica.

—A nivel de votos el asunto no ha trascendido. Nadie relaciona todavía los fragmentos del "diario" con la muerte del chico, nadie sabe que los de K.M. le dieron una paliza. Los periodistas están deseosos de "denuncias", ni siquiera hace falta una acusación concreta. Basta poner en relación una serie de datos.

Suspiré ruidosamente, procurando que se notara. A mí también empezaba a hacerme efecto el whisky.

—Tengo la impresión de que eres tú el que ahora no mide bien sus fuerzas. ¿Crees que los Monterroso te van a dejar que los líes tan fácilmente?

Decidimos prescindir de los vasos de común acuerdo. La botella resultaba mucho más cómoda. Javier se sentó sobre el brazo de mi sofá y me pasó un brazo por los hombros.

—No te preocupes por mí, si he sobrevivido durante los primeros ocho lustros ahora todo será más fácil.

No entendía nada. Se había puesto como una fiera cuando yo lancé la idea del crimen y ahora resultaba que era su baza política. Primero les empaquetaba el fiambre a los queridos camaradas y ahora se lo remitía a Cándida a porte pagado. Se lo hice ver. Hizo ruiditos de desaprobación con la boca.

—No entiendes nada. El aire de Madrid te ha embotado el cerebro, estás contaminado. No te circula bien la sangre, eso es lo que te sucede. Tu sitio está aquí y nuestros enemigos están aquí. Todos son unas ratas, como Meilán, una asquerosa rata que ahora está despanzurrada. Los Monterroso no son ratas, ni temen a las ratas; son lobos, una inmensa manada de lobos. En Madrid no hay lobos, sólo ratas, millones de ratas, y osos, el oso y el madroño...[21]

Se rió mucho. Yo también. Me pareció muy divertida la idea de los osos. Me daba cuenta de que Javier estaba borracho, pero lo encontraba muy gracioso. Se lo dije. De pronto todas las palabras se llenaron de osos: gracio-osos, Moterr-oso, herm-oso, grandi-oso, mied-oso, poder-oso...

Seguíamos riéndonos cuando apareció Marta. Llevaba una bata sobre el camisón.

—Es muy tarde y vais a despertar a los niños —dijo—. Además estáis borrachos.

Me pareció lo más divertido que había oído en mucho tiempo.

21. El oso y el madroño es el símbolo del ayuntamiento de Madrid.

IV

A la mañana siguiente me presenté en casa de Cándida. Allí habían vivido sus padres y allí vivía ella desde que se separó de Juan. Me abrió la puerta una mujer de la limpieza. Llevaba uniforme y hablaba como siempre han hablado los criados de los Monterroso, en tercera persona: la señora no estaba, la señora había salido ya cuando ella llegó, la señora seguramente estaría en la clínica, ¿no quería el señor dejar ningún recado?... Decidí acercarme a la Seguridad Social. Quería *ver* a Cándida o, mejor dicho, quería observarla cuando me presentara de improviso.

Pregunté en información y me dieron un papelito con un número. Estuve a punto de decir que no era un enfermo, pero me callé y me guardé el papelito: era capicúa, el 33. Por un momento tuve la impresión de estar repitiendo los gestos del joven "bastardo" Monterroso. Quizá también él había estado antes allí, quizá quería cogerla también de improviso. Fui leyendo los rótulos hasta encontrarlo: "Medicina General. Doctora Monterroso". Los pasillos estaban abarrotados de gente que desbordaba el espacio en principio reservado para la espera: conseguir una silla parecía una especie de milagro.

Después de una hora me había hecho una composición de lugar bastante exacta. En las otras consultas los enfermos eran atendidos a una velocidad media de tres minutos por cabeza, sin distinción de sexo ni edad. En la de Cándida, la media era de diez minutos. Cosa extraña, nadie daba muestras de impaciencia, casi todos traían periódicos o revistas y dos mujeres, en animada conversación, hacían ganchillo: habían comparado sus respectivos "puntos" y comentaban lo preciosas que les habían quedado dos colchas que, sin duda, debían de haber tejido en aquellas interminables esperas. Hacia la una conseguí una butaca bastante cómoda al lado de una señora gorda que había terminado *Hola*[22] tras detenidísima lectura y que recibió mi presencia como agua de mayo. Me preguntó cuál era mi número. Lo comparó con el suyo.

—Le va a tocar un poco después de las tres.

Hacía rato que yo me había percatado de ello, pero lo sobrellevaba con estoica resignación.

—Ha tenido suerte que esté la doctora Monterroso —me informó—. Cuanto está el suplente, desde las diez ya no dan números y, si te encuentras mal, a urgencias. La doctora es otra cosa. Los Monterroso son unos señores, en todo. Usted no es de aquí, ¿verdad? Los otros a las tres se marchan, ya no queda nadie, porque no dan números, pero si queda alguien te hacen una señal en el papel para que vuelvas al día siguiente, "a primera hora", y si mientras te pones peor pues ya sabe, a urgencias… Esta es otra cosa. La enfermera se va, no crea, que cuanto menos son, peor, pero ella se queda hasta que atiende a todos los que esperan. Y no crea que de prisa y corriendo como los

22. *Hola* es la decana de las revistas del corazón publicadas en España.

100

otros, ya ve usted qué diferencia, no hay más que mirar el pasillo, que los otros aún no te has sentado y ya te están dando una receta, que, digo yo, ¿cómo van a saber lo que tengo que tomar si no me dejan que les cuente lo que me pasa? La doctora, no. No hay más que verla, ¿usted no la conoce? Es otra cosa, una clase, oiga, una cosa especial. Los otros sólo atienden a los de pago, que le digo que es una vergüenza, que si va a su consulta, a la privada digo, media hora con cada uno, por lo menos, ¡eh!, y aquí ya ve, como un cohete. La doctora sólo recibe aquí y no es que no tenga sitio, que vaya casa que tiene, pero no querrá, no necesita dinero, no como los otros que están a chupar de veinte sitios y, como aquí es donde menos cobran, pues no te atienden nada. Ella tiene una casa que vaya casa, parece un convento de grande, oiga, y tierras. Su abuelo tenía cuatro administradores, no le digo más, por toda Galicia, imagine. A un pariente suyo, antiguo, hace muchos años, le mandó matar el rey, pero no vaya a creer que eran republicanos, es de mucho más antiguo, yo qué sé cuántos años. Tienen escudos en todas las casas, porque son una familia muy grande, ¿usted no es gallego? Pues, mire, en Galicia eran como el rey, ese pariente antiguo mandaba tanto como el rey, por eso el rey lo mandó matar. Aquí todo el mundo lo sabe. Y a ella se le nota, claro, ¡pero no vaya a pensar que es una orgullosa o así! Es un trato, una educación, que le viene de casta, oiga, que los otros unos muertos de hambre, que tampoco lo hacen de balde, ¿no? y si no les interesa que lo dejen, pero tampoco, chupando de todas partes. La doctora no, fíjese, aquí, aquí mismo, he visto yo más de una vez gente de dinero, de posición, ¡eh!, que seguro que eran amigos, pues como todos, oiga, haciendo la cola, porque eso sí, ella recibe a todo el mundo, aunque no sea del seguro, pero sin distinciones, todos iguales, que los otros, ¡ya, ya!

¿Usted es la primera vez? Pues ya verá qué diferencia, qué amable, ¡y qué lista, oiga! Aquí donde me ve, yo pesaba cuarenta y cinco kilos, que se me caían las medias, no le digo más, y venga de médicos y cada vez peor, ¡hasta a uno de pago fui!, que quería operarme y todo, que si no es por la doctora me matan. Porque a mí no me corresponde la doctora Monterroso, pero mi hermana, que sí le corresponde, le contó lo malísima que estaba yo y ella le dijo que si quería venir por aquí pues que me pusiera a la cola, sin número ni nada, que la mitad de los que están aquí seguro que no les corresponde, pero como ella recibe a todo el mundo, que eso sí que es mérito, oiga, que si vamos a ver por esos no cobra. Ahora yo ya he conseguido que me lo pongan en la tarjeta, porque la enfermera, la muy cerda, no quería cogerme y menos mal que salió ella y se acabó la discusión, que, eso sí, a ella no le rechista nadie, por eso le dieron a usted el número, porque ya la conocen, que si llega a estar el suplente, ¡a buena hora! A usted le va a tocar después de las tres, así que no le hará el papel ese que hace la enfermera, que ya me dirá a mí para qué sirve, que quién se acuerda ya de si tuvo sarampión o paperas y otras cosas raras que preguntan, que unos dicen que sí y otros que no, a ver, según les da, que quién se va a acordar después de tantos años y además que antes no se llamaban así, la viruela sí, pero los demás, pues indigestión o granos o ataques, yo qué sé. Y muchos es lo único que miran, porque le preguntan, ¿qué tiene usted?, y mientras, se ponen a leer el papelito y cuando acaban le dan la receta y a una ni la escuchan, que se podían haber ahorrado la pregunta. Ya verá, la doctora es otra cosa, ella no apunta nada, se lo guarda todo en la cabeza, pero no vaya a creer que se le olvida. A mí el primer día me miró toda, el pecho, la tripa, el corazón, todo, oiga, y después me mandó para que me sacasen sangre y también

que me viesen la orina, y me dijo que no estuviese preocu-
pada que era una cosa, ¿como dijo?, "de rutina", como
que no tenía importancia, que me lo dijo para que yo no
me preocupara, que es tan cariñosa, oiga, que así, al
pronto no lo parece, impone un poco, pero muy cariñosa
y tan educada, me acompañó hasta la puerta, que yo tenía
gana de llorar porque nunca me habían tratado así, que
los otros como si fuéramos animales, y yo pensaba que
estaba muy mal y que me iba a morir, pero me consolaba
que alguien se ocupara de mí así, y eso se lo pueden decir
todos, que por eso el que viene una vez ya no se cambia
nunca, que o lo cura o lo mejora, porque ya se sabe que
hay cosas que no se curan, pero por lo menos, mientras
vives, pues vives más contento, y eso que, ¡lo que es la
gente y las malas lenguas!, que una vez tuvo un lío porque
dijeron que si había puesto una inyección a un enfermo,
ya sabe, para que no sufriera y parece que tuvo que venir
un abogado de Madrid y todo, pero ya ve, mire usted, la
que tiene más enfermos de todos, que la gente se mata
por venir aquí, y, además, oiga, usted mismo, en vez de
morir rabiando como un perro... ¿eh?, que se dice en seguida, si ya no tiene remedio, si no se puede hacer nada y
está rabiando como un perro, ¿qué?... Lo que pasa es que
ella se interesa por los enfermos, que nos conoce a todos,
no le exagero, que los otros lo ven por la calle y ni lo
conocen, ¡pero cómo nos van a conocer si no nos miran!,
que les da lo mismo que te mueras o no, no tienen sentimientos, que yo no digo que te traten como a un amigo,
pero algo, que se note que les importas algo, que lo único
que les notas es que molestas y que están deseando terminar. La doctora es otra cosa, ya verá. Cuando yo volví,
me dijo: "Remedios", que se acordaba del nombre y no lo
había apuntado ni nada, "Remedios, ¿cómo van las cosas
con tu marido?", que yo, ni una palabra le había dicho de

ese desgraciado, ni nadie me lo había preguntado nunca, que le digo que es lista como las águilas, que parece que adivina las cosas con esos ojos que tiene, ya verá...

A las tres, en efecto, tal como había anunciado mi locuaz interlocutora, la enfermera se fue, advirtiéndonos que pasáramos por orden. Quedábamos todavía dos personas y yo hacía rato que me dedicaba a observar a las gentes que cruzaban el pasillo, después de haberme puesto al día de los divorcios y casamientos de diversos artistas de cine y miembros de la realeza europea, además de una pormenorizada información sobre las actividades de la princesa de Mónaco y su hija Carolina,[23] que hay que ver lo que ha crecido; yo me acordaba de cuando pretendían hacernos creer en la versión española de *Mogambo*[24] que su madre, tan rubia y tan elegante, era la hermana de un señor con el que cazaba leones por África y el señor se ponía enfadadísimo cada vez que aparecía Clark Gable, porque resulta que no era su hermano sino su marido, de manera que no entendíamos nada y tampoco nos creímos el final y estábamos seguros de que el Clark Gable se había tirado a la rubia Grace y tenía de repuesto a la Ava Gardner. Porque de tanto rellenar cortes acabábamos haciendo una película a nuestro gusto. Y ahora resulta que la Grace tiene una hija en edad de casarse, lo cual no tiene nada de raro porque también Javier y Cándida tienen hijos de esa edad, pero son chicos, que es diferente. Quiero decir que es irritante que una revista estúpida te haga sentirte viejo sin venir a cuento, así que decidí abandonar el *Hola* que me había tan generosamente cedido la gorda y dedicarme a la apasionante tarea de contar las

23. Se refiere a la hija mayor del príncipe Rainiero de Mónaco y de su esposa, conocida antes de ser princesa por el nombre de Grace Kelly.
24. *Mogambo* (1953), película de John Ford, protagonizada por Ava Gardner, Clark Gable, y Grace Kelly, futura princesa de Mónaco.

Marina Mayoral en la casa de Rosalía de Castro, en Padrón.

Marina Mayoral con Ramón Piñeiro e Isabel su mujer.

sillas e intentar hacer redondeles con el humo del cigarrillo. Cuando me tocó el turno estaba mucho más nervioso de lo que hubiera deseado.

Había una habitación pequeña con ficheros y una mesa donde la enfermera debía de hacer las fichas. Al fondo, una puerta. Se oyó la voz de Cándida.

—Pase y siéntese.

Pasé. Era un despacho pequeño, con una amplia cristalera que cubría toda una pared. Unas radiografías estaban apoyadas contra los cristales y el sol las iluminaba por detrás. Una silla giratoria, y, al otro lado de la mesa, dos sillas iguales a las del pasillo. En el extremo opuesto, un biombo cubría a medias otra puerta. Se oía ruido de agua tras esa puerta. Esperé de pie.

Cándida se quedó inmóvil. En su rostro apareció una expresión de sorpresa y —creo que no soy un idiota al pensarlo— de alegría. En todo caso, no tuve mucho tiempo de observarla; un segundo más tarde se abrazaba a mi cuello como si el piso se hundiese y yo fuera la única viga que quedaba en pie. Yo también la abracé como si yo fuera la única viga y temiera que ella se hundiera en el abismo. Su voz sonó un poco ronca cuando dijo: "Pedro, has venido", y creo que eran sus pestañas las que me hacían cosquillas en la mejilla como si parpadeara rápidamente. Procuré que mi voz sonara normal.

—Princesa, un fiel servidor no deja nunca de acudir a la llamada de su señor.

Cándida se separó. Ahora fui yo el observado, escudriñado por las aguas verdes de sus ojos. Les dejé que entraran; era la vieja sensación infantil de estar desafiando el peligro. La voz volvió a ser la de siempre, grave, reposada.

—¿Vienes por la carta?

Lo que me irrita de Cándida no son sus cambios, sino

los cambios que provoca en mí. Unos segundos antes yo me sentía como Robin Hood volando hacia los bosques de Sherwood con Marian a la grupa.[25] Ahora me sentía como Jack el Destripador[26] y, al final, suelo sentirme como una marioneta que tuviera conciencia de ello. Seguí procurando que no se me notara demasiado.

—Estaba aburrido y me dije: voy a darme una vuelta por Santiago, que queda ahí, al ladito, y es siempre un sitio tan divertido...

Cándida recogió las radiografías de la ventana y las metió en un sobre, arregló sobre la mesa unos papeles, metió un bolígrafo en un soporte, lo volvió a sacar y se sentó señalándome con la mano la silla que estaba a su lado.

—Debía haber llamado de nuevo a tu despacho, pero no creí que fueras a venir —sacudió la cabeza con impaciencia, como si no fuera eso lo que quería decir— que fueras a presentarte así, sin avisar, después de tanto tiempo.

—Por tu carta me pareció que podía prescindir de algunos requisitos formales. La próxima vez enviaré instancia con póliza solicitando entrevista.

Se mordió los labios y me lanzó una rápida mirada de reproche, como de alguien que está siendo injustamente tratado y que no lo dice por dignidad. Estaba pálida y más delgada que la última vez. Las ojeras hacían parecer sus ojos aún más grandes y le daban cierto aire desvalido. Tan

25. Hace referencia a un renombrado bandolero inglés de fines del siglo XII y comienzos del XIII, conocido por ser un bandido generoso, que tomaba de los ricos para favorecer a los pobres. Su leyenda ha sido llevada a la pantalla en varias ocasiones.

26. Jack el Destripador *(the Ripper)* fue un asesino inglés que sembró el pánico entre la población londinense del *East End* en el otoño de 1888. El sobrenombre proviene de las horribles mutilaciones que practicaba en sus víctimas. Nunca se descubrió la identidad, aunque existen numerosas hipótesis, entre las que se cuenta la de que era el propio médico de la reina Victoria I de Inglaterra (1819-1901).

desvalido como puede estarlo un tigre de Bengala. Se inclinó hacia delante y puso su mano en mi rodilla. Me lo soltó de un tirón.

—Ese chico tuvo un accidente, Pedro. Se cayó con el coche por un barranco; se ha matado. Ha sido horrible... pero todo ha acabado ya. Era un pobre loco. Debía haberte avisado, pero estaba segura de que tu secretaria, o lo que sea, no te había mandado la carta. Me puso mil inconvenientes. Javier me confirmó también que no ibas a trabajar hasta después del verano. Tenía que haber llamado a tu despacho, pero he estado muy mareada. Llevaba mi coche y eso creó problemas con la policía, pero todo está ya resuelto. Siento mucho haber interrumpido tu descanso, Pedro, no sabes cuánto lo siento.

Al inclinarse, el escote de su bata dejaba ver el comienzo de sus pechos. Llevaba un sostén blanco, de encaje, con una florecita en el centro, justo sobre la profunda hendidura palpitante. Herda no usa sostén. Es un error. Un sostén de encaje con florecita me produce siempre un violento deseo de arrancarlo. Su rostro estaba muy cerca del mío, sin más finalidad que persuadirme de la inutilidad de mi viaje y de cuánto lo lamentaba. De esto último no me cabía la menor duda, de modo que decidí adoptar el papel del viejo-amigo-dispuesto-a-tragar-lo-que-sea y acompañé mis palabras con un gesto de simpática —creo— resignación.

—No te preocupes. Me alegro de que todo se haya resuelto. Por cierto, ¿dónde se puede comer en este pueblo a las tres y media?

Cándida sonrió con algo parecido al agradecimiento.

—Tendrás que comer aquí conmigo, en la cafetería. ¿Por qué no me has avisado de que estabas fuera?

—Una paciente-fan me informó de que no haces excepciones: todo el mundo a la cola.

107

—Pero tú no eres un enfermo. ¿Hace mucho rato que esperas?

Dije que no con la cabeza y se metió por la puerta del fondo. Desde allí me llegaban sus palabras.

—Tienes color de playa y buen aspecto, ¿qué te pasó?

Era el comienzo. Después querría saber quién era Herda y la índole de mis relaciones con ella, qué clase de asuntos llevábamos en el despacho, etc., etc. No me hacía ilusiones. Quizá se tratara de una maniobra para no hablar de sí misma, pero muy probablemente sentía por mi vida el mismo interés que por la señora gorda o por mi antigua patrona y quería ponerse al día. Todo el mundo acaba contándole su caso y yo no soy una excepción, pero en aquel momento sólo pensaba en lo que me había costado arrancarle la mínima información necesaria para poder actuar como abogado en su proceso de separación, en el de su prima con Adolfo y en el asunto del viejo al que mandó a mejor vida; en que había recorrido mil kilómetros y que me iba a ir como había venido. Era el momento de mandarla a hacer puñetas. A pesar de todo contesté.

—El corazón; no marcha bien.

Cándida salió, abrochándose los botones de la blusa.

—¿El corazón? ¿Quién te ha visto?

Le dije el nombre de un cardiólogo. Me hubiera dejado matar antes de decirle la verdad. Cándida no parecía muy convencida. Acabó de abrocharse los botones, me tiró de un párpado hacia abajo y, debido a mi nula colaboración se puso de puntillas para mirar, después tiró de mi labio inferior que le quedaba más cómodo por altura, finalmente decidió pasar a métodos más científicos y tomó con toda decisión un fonendo.

—Voy a echarte una ojeada.

Estoy seguro de que lo único que le interesaba en ese momento era mi víscera cardíaca. Cándida empezó como

108

ayudante del viejo don Higinio, cuya patética y senil pasión utilizó para convertirse en su mano derecha, de modo que hasta es probable que de eso entienda, pero yo nunca he podido ver a Cándida como médico y es una sensación que comparto con un buen número de hombres que están o se creen sanos. Cándida puede parecer un iceberg, pero es lo más opuesto a la idea que uno tiene de lo que debe ser un médico, de modo que mis palabras no pretendían sólo molestarla sino que obedecían además a oscuras motivaciones.

—Si puedo escoger, preferiría que me hicieras una radiografía, como a Adolfo.

Reaccionó rápida. Respiró hondo, sus pechos se marcaron bajo la tela suave de su blusa y se mordió los labios ligeramente.

—Muy bien, quítate la chaqueta.

La conocía bastante para saber que no debía hacerlo, así que no moví ni una pestaña. Pero no se desafía impunemente al descendiente directo de un mariscal del siglo XV. Ella misma me quitó con decisión la americana y la dejó sobre una de las sillas, después, con un tirón seco, me abrió la camisa. Dos o tres botones saltaron por el aire. Reprimí un escalofrío al sentir sobre el corazón un metal frío como la nieve. Sus ojos le hacían la competencia al aparato. A pesar de todo, puse las manos sobre su trasero y la atraje hacia mí.

Cándida no hacía nunca "la palanca". Ella y Juan, aun antes de ser novios, bailaban muy abrazados. Como Javier no iba a los guateques, Cándida y Marta se dejaban caer algunos días por los bailes del *Compostela*. Y entonces comenzaba una complicada maniobra de aproximación entre el grupo en el que recalaban las dos primas y el grupo en el que nosotros estábamos. Antes de llegar al tándem definitivo Javier-Marta, todos bailábamos con todas. A mí me parecía que Javier y Cándida bailaban muy apretados, incluso cuando no estaba Juan Monterroso. Cuando se acercaba alguien que no era del grupo, Cándida estaba siempre cansada, gracias, y con los que ya la conocían solía ir hablando todo el rato y a medio metro de distancia. No necesitaba hacer la palanca para mantenerlos a raya. A mí me molestaban aquellas diferencias y que fuera ella la que llevara la batuta. Las pocas veces que bailamos juntos era yo el que la ponía todo lo lejos que me daba el brazo. Es decir, así empezábamos, porque Cándida —y juro por mis muertos que era ella— se iba acercando poco a poco y terminaba con una mano sobre mi nuca y haciéndome cosquillas con las pestañas sobre la mejilla. Naturalmente, yo iba corriendo mi mano desde su postura inicial hasta rodear su cuerpo con mi brazo. Este momento solía coincidir con el final de la música y Cándida se dirigía con toda naturalidad a sentarse y por consiguiente a cambiar de pareja. De manera que, por unas razones u otras, la palanca no la hacía nunca. Ahora tampoco la hizo. Apoyó la mano con la palma abierta sobre mi hombro, sin empujar. Sus caderas estaban pegadas a las mías, pero tenía el cuerpo lo bastante separado como para que pudiera ver su cara. La condenada estaba escuchando lo que le llegaba a través del maldito aparato y parecía importarle un carajo lo que yo hiciera con las manos. Me dio un manotazo como quien aparta un moscardón molesto y siguió atenta al fonendoscopio. No me miraba, no miraba nada, y durante unos interminables segundos siguió escuchando. Yo estaba seguro de que mi corazón podía oírse desde el pasillo sin necesidad de ningún aparato. Finalmente, una sonrisa de satisfacción apareció en su cara. Le quité aquellas gomas de los oídos.

—¿Cuánto me queda de vida?

Cándida carraspeó dos veces, puso una mano en la so-

110

lapa de su blusa y alargo la otra hacia mí con el índice amenazadoramente extendido. Estaba imitando a Don Higinio.

—Señor mío, el corazón es una cosa muy seria. Tenemos dos ojos, dos manos, dos pulmones, pero un solo corazón. No desarrollo otros ejemplos paralelos por respeto a las señoritas, pero ustedes mismos podrán relacionarlo. La Naturaleza es muy sabia. Joven, vida sana; razonable ejercicio, tranquilidad y buenos alimentos. Y además, nada de mujeres... sobre todo mujeres alemanas. ¡Hala, vamos a comer!

Me acomodé lo mejor que pude aquel remedo de camisa de legionario que me había dejado y salí tras ella.

Había mucha gente tomando café y algunos todavía comiendo. Cándida hizo algunos saludos al pasar y nos situamos en una mesa de un rincón. Lo mismo hubiera sido estar en medio de una plaza de toros. Durante el rato que estuvimos allí fuimos el principal objeto de atención para la concurrencia; ése es uno de los encantos de las pequeñas ciudades.

El ambiente me recordaba los años de estudiante. Cándida estaba integrada en la vida de la ciudad y en el mundo de la medicina, pero seguía siendo un elemento extraño, alguien a quien se toleraban actuaciones que en otra persona resultarían inadmisibles. Seguía siendo una Monterroso de Cela en un lugar donde todos lo sabían. Y esa bula, esos privilegios feudales, abarcaban por igual a su vida profesional y a su vida íntima.

Cándida me estaba observando.

—No te gusta, ¿verdad?

No tenía la seguridad de a qué se refería, si al insulso sandwich de pollo, al ambiente o al asunto de la carta. Opté por el pollo con la esperanza de irritarla.

—Está un poco soso, pero no es malo.

111

Hizo un gesto de impaciencia.

—Sabes muy bien que no me refiero a eso.

—Todo lo demás lo encuentro igual que siempre.

Pedimos café y lo tomamos en silencio. Por fin, Cándida se decidió a romperlo.

—Tenemos que hablar, Pedro. Aunque todo es horrible, nunca será tan horrible como lo que tú piensas. Siempre piensas de mí lo peor... y siempre acudes cuando te llamo. Debe de ser cosa de tu oficio. Yo no salvaría la vida a una alimaña.

—Es mejor que aclaremos algo desde el comienzo. Yo no he acudido aquí como abogado y, en segundo lugar, el que parecía necesitado de ayuda era ese chico del que hablabas en la carta.

—Es igual, de todas formas lo mejor será que hablemos.

Se levantó y salimos.

—Ven a casa después de las nueve, podremos hablar con tranquilidad. Alfonso está haciendo camping con los hijos de Arturo y la asistenta se va a las seis —sonrió—. Ya sabes que soy una cocinera bastante buena y en cuanto a lo demás —acentuó la sonrisa— recibo con frecuencia amigos a cenar. ¡Ah! y cámbiate de camisa, tienes un aspecto un poco desastrado.

Dio media vuelta y se alejó pasillo adelante camino de su despacho. Tiene una bonita figura, de cintura fina y piernas largas. Sus caderas se mueven con gracia al andar y el pelo rubio flota suelto, como el de una jovencita. Dejé que se alejara un buen trecho, después la llamé. Un nombre sonoro y poco frecuente, es probable que la única Cándida de toda la clínica. En el pasillo cesaron todas las conversaciones; los que cruzaban comenzaron a caminar más despacio y dos chiquitos jóvenes con bata blanca se pararon a encender un cigarrillo haciendo pantalla con las

manos como si estuvieran en pleno vendaval. Cándida dudó un instante, después volvió sobre sus pasos hasta llegar
a mi altura. Ahora era yo el que sonreía.

—Hay un avión para Madrid esta noche, princesa, ¿estás segura de que quieres que hablemos?

En el pasillo, la vida parecía haberse congelado. Ni una
voz, ni un ruido de pasos. Mis palabras llegaron hasta el
fondo y volvieron rebotando por las paredes. Cándida me
devolvió la sonrisa. Su voz sonó grave y tranquila.

—Completamente segura.

Me besó en una mejilla y se alejó de nuevo. El pasillo
se llenó otra vez de conversaciones, de toses, de pasos
apresurados.

V

R egresé a casa de Javier dando una vuelta por el centro. La mayoría de los estudiantes debía de haberse marchado y la ciudad tenía un aire distinto al habitual. Era sólo una pequeña ciudad provinciana, silenciosa y grisácea. El cielo estaba nublado y hacía fresco: el verano acababa de empezar.

Encontré a Marta pintando. Los niños jugaban en un jardincillo que se veía desde el mirador del cuarto de estar. Siempre me sorprende agradablemente la falta de vanidad artística de Marta. Pinta sentada en una silla baja, en un rincón de la galería encristalada. En otra silla, a su lado, tiene una tabla cuadrada con los colores y los pinceles. Produce la impresión de estar bordando o haciendo encaje. Nada más alejado de la imagen del artista bohemio, desordenado o extravagante. Pinta con la misma sencillez con que mi madre se sentaba a zurcir los tomates de mis calcetines: parecía imposible que aquel agujero por el que casi se salía el huevo de madera se fuese rellenando de hilos entrecruzados hasta quedar cubierto por completo. Marta va colocando los colores en el lienzo con la misma paciencia, e igual que ella, se levanta una y otra vez para vigilar la comida, atender a los gritos de los niños —una caída, una pelea— o recoger la ropa porque empiezan a caer unas gotas. Las interrupciones no parecen molestarla lo más mínimo. Generalmente, copia apuntes hechos previamente o algo que está viendo a través de la ventana. Alguna vez la he visto pintar mientras le repasaba en voz alta a alguno de los "roxiños" la tabla de multiplicar.

Javier siente una profunda desconfianza hacia las galerías de arte y eso hizo que la trayectoria de Marta ante el público fuese un tanto irregular. Empezó vendiendo a los amigos de su familia, avergonzados ya de los repetidos regalos. Después, a los amigos de Javier, que, a decir verdad, tardaron también bastante en avergonzarse de salir de aquella casa con el cuadro que les gustaba debajo del brazo y sin pagar una perra. La primera exposición la hizo en una librería progre, con los cuadros medio perdidos entre libros y discos y con un fondo sonoro de poemas de Neruda[27] que no tenía nada que ver con los cuadros. Era muy a comienzo de los sesenta, cuando había que comprar de tapadillo los libros de Miguel Hernández,[28] de Antonio Machado[29] y tantos otros. De Neruda lo único que estaba a la venta eran los *Veinte poemas de amor y una canción desesperada*.[30] El librero, además de progre, resultó ser un lince para los negocios y Javier se quedó de piedra cuando se enteró de que los cuadros de su mujer se

27. Pablo Neruda, pseudónimo de Neftalí Ricardo Reyes Basoalto (1904-1973), poeta chileno, ganador del premio Nobel en 1971.

28. Miguel Hernández (1910-1942), poeta lírico levantino de idioma español. Cuando llegó a la capital madrileña con unos versos bajo el brazo se le conocería por el apodo del "prodigioso muchacho de Orihuela".

29. Antonio Machado (1875-1929), poeta andaluz, una de las voces que definen la poesía española moderna.

30. Obra publicada en 1924.

116

habían vendido a quince mil pesetas, de las cuales la mitad correspondía al librero por "gastos y riesgos". Siempre huyendo de las galerías comerciales —en expresión de Javier, "gánsteres de la cultura"— Marta realizó exposiciones en los lugares más pintorescos: cofradías de pescadores, círculos de bellas artes, escuelas de artes y oficios, salones parroquiales, aulas de cultura independiente... La nota común a todas es que los cuadros de Marta se vendieron siempre, pese a lo estrafalario que resultara el lugar, y que siempre el cincuenta por ciento iba a dar a manos distintas de las suyas.

Acerqué una silla y me senté a su lado. Sé que no le molesta que la miren mientras pinta. Después de la entrevista con Cándida, y en espera de la cena, la presencia de Marta, aquel rincón de la galería, era un remanso de paz. El cuadro parecía terminado: dos hileras de árboles pelados bajo un cielo plomizo. En medio, un camino cubierto de hojas amarillas. No era lo que se veía por los cristales, tampoco copiaba de ningún apunte. Retocaba algunas hojas. Me resultaba un paisaje familiar, pero al que le faltase algo.

—¿Qué es?

—¿Ya no te acuerdas?

Era la avenida que conducía al pazo de los Castedo. Yo estaba acostumbrado a ver el viejo edificio al fondo. Era una perspectiva rara, como a ras de tierra; sólo se veía el camino y los árboles.

—He estado allí este invierno. Lo hemos vendido. Estaba muy viejo y no podía arreglarse. Van a hacer unos apartamentos, creo. Ahora veranea mucha gente en Castro d'Ouro.

Marta tiene en su casa un único cuadro de todos los pintados por ella. Es un paisaje de la Frouxeria desde lo alto del monte. En él se ve el pazo de los Castedo con su

117

tejado de pizarra en medio del verde de los prados y los árboles. Lo que debía de sentir ahora se refleja en aquellos otros árboles pelados, en la solitaria avenida que ya no conduciría para ella a ninguna parte.

Se estaba bien allí. Con Marta es fácil ser egoísta. A uno acaba pareciéndole natural que sea la única de la familia que no tiene un cuarto independiente, ni una criada que le ayude en la casa, que los pequeños no respeten su trabajo y anden a balonazo limpio cuando ella pinta, que los mayores se avergüencen de sus retratos infantiles y los sustituyan por posters hechos en serie, que no haya un solo retrato de Javier, que el pazo donde nació se convierta en un edificio de apartamentos, que desde muy niña tuviera una madrastra, que hable tan poco de ella misma...

—¿Todo va bien, Marta?

Levantó los ojos del cuadro y me miró. Se quedó con el pincel en el aire. Normalmente es ella la que me pregunta. Suele empezar diciendo: "Es una chica estupenda". Lo ha dicho de Mercedes, de Covadonga y de Herda. Cuando llegamos a lo de "debías casarte, Pedro" no siento nunca la irritación que suelen producir esas palabras. Y cuando le explico que, al menos en los dos últimos casos, son ellas las que no tienen ninguna intención de casarse y Marta dice en tono de profundo convencimiento "no lo puedo creer", entonces me siento conmovido. Porque Marta lo dice como si creyera firmemente que, si yo quiero, no hay mujer en el mundo que me diga no, a nada. Es muy confortador.

Me miró para cerciorarse de que no era una pregunta de cortesía y que yo sí esperaba una respuesta.

—Como siempre... Javier trabaja cada vez más, los chicos crecen, cada día me necesitan menos. Los tres pequeños se van ya este verano a un campamento. A mí me parece que es demasiado pronto, pero sus amigos lo hacen y a ellos les apetece.

—Tendrás más tiempo para pintar.

Se encogió de hombros y sonrió.

—Voy a saturar el mercado.

—¿Por qué no expones en Madrid? Herda está empeñada en lanzarte. Dice que es un crimen que te muevas a nivel de cofradía de pescadores o señoras de acción católica. Ella entiende de pintura y está muy relacionada con ese mundillo.

—Tendría que ser a través de una galería y ya sabes lo que opina Javier de eso...

—Francamente, si fuera Javier quien pintara, su actitud podría discutirse, pero se trata de *tus* cuadros. Una galería te explota, pero te da a conocer. A fin de cuentas a ti te han explotado todos: ¿qué te importa que se lo queden unos profesionales de la compraventa, los "niños pobres" o la campaña electoral de un partido? Con tu familia siempre has tenido la actitud de hacerte perdonar el haberte casado con el Roxo, y con los amigos de Javier, la de ser una Castedo. ¿Por qué no nos mandas a todos al diablo?

No era la primera vez que hablábamos de ese tema. En general, Marta se ríe, dice que cuando se muera le harán un monumento y bromea sobre mi feminismo de solterón. Me sorprendió el tono amargo de sus palabras, a pesar de ir envueltas en una sonrisa.

—Un poco tarde para empezar a mandaros al diablo.

Al hablar con Javier había notado que algo no marchaba como siempre, ahora la sensación era aún más viva, pero también me pareció que no tenía relación directa conmigo. Eso me animó a hablar.

—Me parece que he aparecido en un momento malo y temo que mi presencia lo empeore. ¿Puedo hacer algo, Marta?

119

Marta había metido los pinceles en un tarro y los limpiaba con cuidado. Pareció que iba a hablar, pero siguió colocando los pinceles en orden, por tamaños.

—Lo siento, Pedro, me hubiera gustado que te encontraras a gusto aquí.

—A tu lado es imposible no estar a gusto, pero no quiero darte la lata —me puse de pie—, voy a darme una ducha. ¡Ah! esta noche no cenaré con vosotros. Cuando tengas un rato me gustará ver lo que has pintado últimamente.

Ella siguió sentada. Dos gruesas lágrimas le cayeron sobre la falda. Lloraba sin ruido, sin taparse la cara. Me recordó una escena ocurrida muchos años atrás. Entonces también le había dado mi pañuelo para secarse las lágrimas. Había empapado ya el suyo, un pequeño pañuelo de colores, y el de Cándida, grande y blanco, como de hombre. Estábamos sentados en un banco de la Herradura,[31] caía una lluvia fina y continua, el "calabobos", y nos cubríamos con un inmenso paraguas que los Monterroso llamaban "de los sacramentos". Era igual al que utilizaban para llevar el viático cuando llovía y Cándida aseguraba que su tío abuelo Arturo se lo había robado a un cura, cuando había ido a dar la extremaunción a un enfermo a quien él estaba atendiendo. El paraguas solía llevarlo Juan Monterroso, pero a mediados de aquel curso —el último de la carrera para Javier y para mí— él y Cándida habían anunciado su noviazgo, y el paraguas pasó a manos de Cándida, quizá como muestra de que Juan se cortaba la coleta entregándole aquel mudo, aunque no discreto, testigo de tantos besos y achuchones. Yo sostenía el paraguas con una mano y con la otra le daba a Marta golpecitos en la espalda, que no parecían servirle de gran

31. Paseo que tiene esa forma en la céntrica Alameda de Santiago de Compostela.

120

consuelo. Cándida, al otro lado, le pasaba un brazo por los hombros y le daba de vez en cuando una sacudida, acompañada de frases como "es un imbécil", "es un animal", que sólo contribuían a arreciar el llanto y a que Marta la mirara con desconsuelo y murmurara entre hipos: "no puedo evitarlo". Acabábamos de ver a Javier, tras una temporada de ausencias progresivas, besándose con una chica bajo los soportales del Toral.[32] Aunque Cándida y yo fingimos no haber visto nada, Marta comenzó a hacerme preguntas con voz apagada y yo le contesté con toda sinceridad, porque Javier no tenía ningún interés en ocultar los hechos y porque yo tenía un interés especial en desengañar a Marta cuanto antes, de modo que contestaba a cada pregunta escuetamente, pero sin ocultarle nada: Javier conocía aquella chica desde hacía algún tiempo, salía mucho con ella, le gustaba, quizá estaba enamorado, estudiaba Derecho, sí, era guapa, era asturiana, su padre era minero... En ese momento, Marta inició aquel llanto que parecía interminable y que nos llevó hasta el banco del parque, en un intento de que se serenara antes de volver al paseo lleno de gente. Mi brazo y el de Cándida se cruzaban tras la espalda de Marta, que lloraba silenciosamente con las manos sobre la falda, apretando los pañuelos que le íbamos suministrando. Cándida, embutida en una trenca enorme, con la capucha calada hasta los ojos, tenía un aspecto frailuno y me lanzaba miradas asesinas. La mano con que sostenía el paraguas, apoyado sobre mi rodilla izquierda —la más cercana a Marta— se me estaba quedando helada. Cándida me miró una vez más como si quisiera borrarme del mapa y apretó el brazo en torno a los hombros de su prima.

---

32. Véase la nota 15. El lado sur de la plaza tiene efectivamente unos soportales.

—Bueno, basta ya. Javier no está enamorado de esa chica; no es nada serio. Sólo quiere llevársela a la cama.

A Marta se le quedaron dos lágrimas haciendo equilibrio sobre las pestañas. Miraba a Cándida como si fuera Dios Padre.

—Lo dices para consolarme.

Cándida era sólo una mancha blanca al fondo de la capucha. Sus ojos estaban clavados en el suelo, que se iba empapando de lluvia, y su voz sonaba como la de alguien que, en contra de su voluntad, se ve obligado a traicionar una confidencia.

—No tenía que haberlo dicho, pero te has puesto a llorar como una mema… por favor, ahora no vayas a decirle a Javier que te lo he contado.

No sé si fue la sorpresa o el entumecimiento o las dos cosas combinadas, pero el paraguas se ladeó y, sin que nadie pareciera percatarse, el agua nos caía por encima. Fue la mano de Cándida, tibia, recién salida del bolsillo de su trenca frailuna, la que lo enderezó posándose fuertemente sobre la mía. Marta todavía insistió, ya sin mucho convencimiento, mirándome a mí.

—Tu dijiste que estaba enamorado.

Cándida se me adelantó.

—Lo que dijo fue que le gustaba y que quizá estaba enamorado. Algunas veces, Pedro es muy caballeroso, sobre todo cuando se trata de la hija de un minero. ¡Venga, vámonos a casa!

Iba a contestar. No fueron los ojos fríos y autoritarios de Cándida los que me contuvieron sino la carita anhelante y entristecida de Marta. Cualquier cosa que yo dijera la heriría sin remedio. Siempre he sentido por ella una mezcla de ternura y compasión desde aquel verano en que apareció por Castro d'Ouro con su vestidillo negro y sus largas trenzas oscuras. Marta era siempre la última en ser

122

elegida para las guerras y la primera en caer "prisionera". Y además no era una Monterroso... Emprendimos despacio el regreso. Las acompañé hasta el portal de su casa. Cándida se volvió desde las escaleras para ofrecerme el paraguas.

—Me lo devuelves mañana por la mañana, cuando pases para la facultad —y en voz baja—. Si le dices a Javier una sola palabra no vuelvo a mirarte a la cara.

Se dio media vuelta y me dejó con el enorme paraguas para mí solo. Me sentía profundamente irritado. Sin poder evitarlo pensaba que Javier había hablado con Cándida de forma distinta a como lo había hecho conmigo. También podía tratarse de un embuste de Cándida para consolar a Marta. Eso encajaba en su línea de conducta, pero si se trataba de una mentira bastaba con que me hubiera hecho cualquier gesto, yo no tenía ningún deseo de herir a Marta y me habría callado. Estaba convencido de que había dicho la verdad. Eso quería decir que ellos dos habían hablado, y yo, como un imbécil, haciéndole el juego a todo el mundo.

Cerré el paraguas y la mandé a la mierda junto a todos los Monterrosos. Estaba decidido a poner las cartas boca arriba con Javier... No lo vi aquella noche y nunca supe la verdad. A la mañana siguiente, Cándida me esperaba en el portal de su casa. Fue ella la que sacó el tema.

—¿Has hablado con Javier?

—No lo he visto, pero pienso hacerlo en cuanto le vea, de manera que puedes empezar a no mirarme a la cara.

Cándida había cambiado por completo de actitud.

—Por favor, Pedro, no lo hagas. Javier volverá pronto con Marta, pero si sabe que hablamos de eso, por cabezonería seguirá con esa chica y Marta sufrirá inútilmente. Perdóname lo que te dije; estaba nerviosa y... me salió así.

Yo iba preparado para una batalla campal y el cambio de Cándida me dejaba fuera de juego. Ella debió de interpretar mi silencio como señal de que me mantenía en mis trece y siguió insistiendo en la misma línea.

—Por favor, te lo suplico, Pedro, no lo hagas.

No recordaba haber oído nunca a Cándida suplicar. Tragué saliva.

—¿Lo que le dijiste a Marta es cierto? ¿Te lo ha dicho Javier?

Lo cazó al vuelo. Tenía los ojos clavados en mi cara y debió de notar mi interés. Se apresuró a negar.

—No, lo inventé todo.

—¡Mientes!

Me había salido del alma, en una oleada de rabia incontenible. Nos paramos y nos quedamos mirándonos de frente como dos gallos de pelea. La calle estaba casi desierta. Los estudiantes madrugadores estarían ya en la primera clase y los otros, durmiendo plácidamente, Cándida estaba muy pálida y se mordía los labios.

—Me dan ganas de cruzarte la cara a tortazos.

—Atrévete.

Era un farol infantil; si se hubiera atrevido no hubiera sabido qué hacer. Cándida debió de darse cuenta. Aprovechó la soledad de la calle para cogerme del brazo y así hacer más persuasivas sus palabras.

—Pedro, estás enfadado conmigo, ¿qué te pasa?

Opté por callarme. Cada vez que hablaba perdía posiciones. Cándida siguió hablando, cogida de mi brazo. Nos acercábamos a Fonseca y nos cruzamos con algunos estudiantes que debían de conocerla, pero Cándida estaba totalmente entregada a la tarea de convencerme. Hacía rato ya que me había resignado a no hablar con Javier, pero mi silencio no era sólo una pequeña venganza. Estaba buscando una salida airosa de la situación. No la encontré.

Estábamos llegando a Medicina y Cándida daba pataditas nerviosas con sus botas de agua sobre el suelo húmedo. Me estaba poniendo perdidos los pantalones y se lo hice notar. Cándida estalló.

—¡Los pantalones! Ni me escuchas siquiera. Pedro, no es un capricho. Se trata de Marta, piénsalo. Javier es seguro que vuelve con ella, ¡a dónde va a ir que más valga! Pero si se entera de que yo lo digo pensará: "¿qué se han creído esos mierdas de los Monterroso?" Piénsalo, tú vas y le dices: "Cándida asegura que esa chica no te interesa" y, ¿qué hará?... Lo conoces tan bien como yo: demostrar a los cuatro vientos que prefiere la hija de un minero a una Castedo. Que, en definitiva, es lo que está haciendo.

Todo lo que decía era cierto, pero, en el fondo, yo seguía pensando que la razón fundamental de su ruego no era Marta. Estaba seguro de que Cándida, por compasión hacia su prima, había revelado confidencias de Javier e intentaba evitar que él se enterase. Lo que más me molestaba era la confusa sensación de que ambos, de alguna forma, me habían mentido. Era muy joven. Cándida también, y los otros. Estábamos aún muy cerca de la época infantil del mejor amigo y del secreto compartido. Me sentía traicionado. Seguí callado y Cándida me miró con desaliento.

—Pedro, ya no sé qué decirte, ni cómo explicártelo. Somos amigos desde niños, por favor, te lo suplico, no hables con Javier de este asunto.

Creo que la voz me salió ronca.

—No tienes que suplicarme nada. Me basta saber que le hago un favor a Marta.

Cándida irguió la barbilla y sonrió. A pesar de ser más baja que yo, tuve la impresión de que me miraba desde arriba.

—Gracias, Pedro. No lo olvidaré.

125

Aquélla fue una de nuestras últimas conversaciones de estudiantes. Como Cándida había pronosticado, Javier se cansó pronto de la asturianilla y, poco después de la boda de Juan y Cándida, empezó el tira y afloja con Marta sobre matrimonio civil-matrimonio religioso. Después, durante muchos años, Marta me había parecido una mujer feliz, y, sin embargo, ahí estaba otra vez devolviéndome un pañuelo humedecido de lágrimas. Se puso de pie.

—Si no tienes prisa puedo enseñártelos ahora mismo.

La seguí hasta el cuarto trastero donde guarda sus cuadros. Los va colocando de cara a la pared, como niños castigados. La capa más antigua, la que nunca ha expuesto, son los retratos de sus hijos en distintas edades. Hay allí también un retrato de Javier joven, no tiene marco y debió de pasar directamente desde el caballete al trastero. Javier no es un entusiasta de la pintura de Marta y nunca se ha esforzado lo más mínimo en disimularlo. Pasó de decir que era una pintura "sin ideas y sin garra" a admitir que tiene buena técnica y que le gusta a todo el mundo, callándose algo que resulta obvio: que a él no le gusta. Y hubo un tiempo en que le producía una irritación invencible.

Desde que su padre volvió a casarse, Marta pasaba grandes temporadas con su tío Ramón. Con él debió de aprender a pintar. Ramón de Castedo pintó muy poco y no vendió un solo cuadro. Los que yo he visto de él están en los museos y Cándida debe de ser de las pocas personas que tiene dos: los heredó junto con los muebles de su tía abuela y madrina, por quien parece que el señor de Castedo experimentó una silenciosa y platónica pasión. Los cuadros de Castedo tienen algo inquietante: sus paisajes umbríos, desiertos, los bosques llenos de sombras, crean un ambiente de misterio y de miedo: son los bosques del hombre lobo, de la Santa Compaña, de los muertos que se aparecen... detrás de ese follaje intrincado y oscuro, de un verde profundo, acechan todos los peligros. Yo no conocí a Ramón de Castedo, pero sí conozco a Marta y sus cuadros son como ella, amables, tranquilizadores, llenos de paz: paisajes que a uno le gusta recordar antes de dormirse. Por eso nunca acabé de entender que Javier se casara con Marta. Porque no se trata de que no le guste un cuadro aislado, ésa es otra cuestión, y hasta es comprensible, aunque a mi madre le pareciera mal.

Marta pasaba muchos veranos con sus abuelos en el pazo de Castedo y salía a pintar por los alrededores. No tenía dinero para irse al extranjero como los Monterroso, y a su madrastra le bastaba con mantener a su marido. Los Castedo tampoco eran un ejemplo de laboriosidad. La casa de mis padres estaba separada del pazo de los Castedo por un camino de carros que subía hasta el bosque. Era uno de los extremos de las posesiones de don Leopoldo, casi en el límite con Asturias. A Marta le gustaba con locura el pan de centeno que amasaba mi madre y las castañas cocidas con hinojo.[33] Cuando volvía con el pan del horno, mi madre dejaba siempre una hogaza en el pazo "para la señorita". Las castañas, desde muy pequeña, Martita venía a comérselas a casa. A pesar de trabajar para los Monterroso y de la devota fidelidad que les profesaba, a quien de verdad adoraba mi madre era a Marta. Cuando se casó con Javier apenas podía disimular su disgusto. Le hubiera parecido normal que ella se casara con alguien de su clase (aunque todo el mundo sabía que no tenía un real), pero casarse con el hijo de un obrero, que además era rojo y que para colmo se permitía criticar sus cuadros, rompía todos sus esquemas mentales. Supongo que su ilusión inconfesada debía de ser que yo me hubiera casado con la "señorita de los Castedo".

33. *hinojo:* Planta aromática que se usa de condimento para endulzar.

127

Marta también quería a mi madre. Si se hubiera dado cuenta de que sus cuadros le gustaban se los hubiera regalado con la misma prodigalidad con que siempre lo hizo. Pero Marta tardó mucho tiempo en darse cuenta de que sus cuadros "gustaban a todo el mundo". Ella salía con sus bártulos y se ponía a pintar. Todos sabían quién era. De vez en cuando pasaba por allí alguien, campesinos que iban a encerrar el ganado, mujeres con un haz de tojo. Se saludaban, cruzaban a veces unas breves palabras, pero jamás un comentario a lo que estaba haciendo. Nunca se hubieran atrevido a preguntarle qué hacía con los cuadros, si los vendía como el gitano que venía por las fiestas con unos cromos recubiertos de cristal, o si los guardaba todos para ella. Y mucho menos se hubieran atrevido a hacer ningún juicio valorativo. No sólo porque se tratase de una Castedo; ese silencio es algo que da la raza. A veces, algún viejo se sentaba cerca de donde Marta pintaba, liaba parsimoniosamente un pitillo y allí se quedaba. Otras veces era Marta quien se situaba cerca de alguno de aquellos campesinos, ya demasiado viejos para trabajar la tierra. Ninguno hablaba, y así se quedaban durante horas sin saber lo que cada uno pensaba sobre lo que el otro estaba haciendo.

Un día, Marta apareció en casa, muerta de vergüenza: quería regalarle un cuadro a mi madre, pero temía que no le gustasen. Los Monterroso les hacían regalos a mis padres con relativa frecuencia. Sobre todo, Cándida. A la vuelta de cada viaje venía cargada de pequeños recuerdos para las gentes que trabajaban en su casa o que tenían relación con ella. Eran cosas, en general, de poco valor, pero que traían la etiqueta o el nombre de los lugares de origen: Dublín, París, Roma, Londres... Cándida tiene un acierto especial para escoger regalos, es como si adivinara lo que a uno le apetece y no se compra porque no se atreve o porque le parece excesivo. Suele conocer el punto flaco de la gente y nunca le ha faltado dinero. En el caso de los regalos, el resultado no puede ser más satisfactorio. Pero Marta no tenía dinero y tuve que convencerla de que mi madre se quedaría encantada. Traía tres o cuatro para que escogiera. Mi madre dijo "son preciosos", me miró y señaló uno con una mezcla de timidez y desafío. En él se veía nuestra casa y la huerta. Ella misma tendiendo ropa y, por el camino que subía hasta el bosque, el carro de bueyes de Antón do Coxo. Mi madre había sido una mujer muy guapa, lo era todavía en aquella época y en el cuadro, aunque no es un retrato, se la ve muy bien. A mí me parece un cuadro precioso. Mi madre encargó un marco, el más caro y lujoso, al carpintero que hacía las cajas de los muertos, y lo colocó en el lugar más visible de la casa. Desde que ella murió, el cuadro está en mi piso de Madrid. Me han dicho mil veces que mejoraría con otro marco, pero yo sé con cuánta satisfacción mi madre lo había elegido. De todos modos, sigue siendo un cuadro precioso. Javier lo vio por primera vez cuando todavía estaba en casa de mis padres. Fue una época mala para él, cuando Marta le puso la condición —la única, que yo sepa— de casarse por la iglesia. Miró el cuadro e inició una especie de monólogo consigo mismo que fue subiendo de tono hasta atraer la presencia de mi madre.

—No se puede pintar así. No hay derecho a pintar así un camino en el que los fascistas cazaron a tiros a tantos hombres. No puede uno olvidarse alegremente de la desesperación de aquellos hombres que intentaban llegar al bosque. ¡Ese camino está lleno de sangre de los nuestros y no puede pintarlo como si fuera el paraíso terrenal!

Al padre de Javier lo mataron pocos días después de acabar la guerra. No llegó a Castro d'Ouro. Le esperaron, como a otros, a la entrada del pueblo y allí se quedaron.

El viejo don Leopoldo fue al entierro; eran gentes que habían nacido en sus tierras y habían trabajado para él; quizá pensara que eran como una yegua que se desgracia y hay que rematarla, o quizá no pudo evitarlo, como la cacería humana en el camino que subía a la Braña.

Mi madre le escuchaba desde la puerta de la cocina, limpiándose las manos al delantal. Javier se calló al verla. Ella miró al cuadro y después a Javier.

—Tú eras muy niño y no viste a esos hombres. Yo sí. Pero en este camino siempre hubo carros de bueyes y mujeres que tendían ropa y eso es lo que tiene que haber. Así está bien.

Si se hubiera tratado de aquel cuadro, la actitud de Javier sería normal. Todos tenemos un paisaje, un objeto, algo que nadie es capaz de plasmar como nosotros lo vemos. Marta me enseñaba un lienzo con la imagen del Santo de piedra.

—Es ya el tercero que pinto. Para Jacobo, naturalmente. Siempre le falta algo. Ahora viene por aquí de vez en cuando y me da instrucciones: "los ojos más negros, la boca así"... Está un poco loco. ¿Tú te acuerdas cómo era? Yo creo que no se parece nada, pero él está muy satisfecho.

El Santo nos miraba con unos ojos desorbitados y amenazadores. No era el Santo que yo recordaba de nuestras excursiones infantiles.

—¿Cómo está Jacobo?

—Convertido en un espíritu. Nunca ha tenido mucha salud y lo de hacer penitencia por los pecados de la familia está acabando con él. No come, apenas duerme, se niega a cuidarse... cualquier día se muere.

—Pobre hombre. ¿Le ha visto un psiquiatra?

Marta se quedó un momento pensativa mientras colocaba unos cuadros de cara a la luz.

—Se niega. Además, es una locura muy particular, porque los "pecados" son ciertos, no se los inventa, y en lo otro, ¡quién sabe!, parece que algunos santos hacían cosas así.

—¿Qué dice Cándida?

—Ya sabes cómo es... Le sigue la corriente. A temporadas ella va a la misa del alba —la que dice Jacobo en San Francisco— y él accede a tomarse lo que Cándida le receta. Supongo que debe de sentirse un poco responsable.

—¿Responsable?

—Jacobo empezó con las manías cuando el jaleo de Cándida con Adolfo. Últimamente se le ha agudizado, pero lo de la penitencia empezó entonces.

Miré los cuadros nuevos. Eran distintos. No sabría decir en qué consistía la diferencia; me parecieron peores, secos, desangelados. Habían perdido aquella sensación de paz, de serena armonía que siempre tuvieron los cuadros de Marta. El que estaba pintando en la galería reflejaba tristeza, decía algo; éstos parecían una búsqueda, un tanteo. Todos ellos representaban paisajes de Castro d'Ouro.

—Parecen una búsqueda del tiempo perdido, Marta.

—Lo son. Y son malos, no te esfuerces en disimularlo. No sabía lo que buscaba... Creo que ahora lo he encontrado.

Su gesto tuvo algo de teatral, inusitado en ella. Le dio la vuelta como si fuese uno más, pero sus ojos vigilaban mi cara. Era una de las casas de los Monterroso, la casa donde Marta había vivido en sus años de estudiante y donde Cándida vivía desde que se había separado de Juan. El escudo de piedra, las enormes puertas de madera con adornos de hierro, el portal oscuro con la escalera al fondo, las paredes de cantería ennegrecidas por la lluvia,

131

las ventanas cerradas y tras las ventanas, de cristales vidriados, algo como una sombra. No cabía duda de que era la casa de Santiago. Me preguntaba desde cuándo Marta la veía con aquel aspecto siniestro y amenazador.

—¿Es reciente?

Asintió con la cabeza.

—Este y el que estoy pintando son los últimos.

No sabía qué esperaba de mí. Opté por un comentario de carácter técnico.

—Creo que son dos cuadros buenos. Parece que has superado un bache.

Marta empezó a recoger por orden, colocándolos de nuevo de cara la pared.

—Eres el único a quien le ha gustado.

—¿Lo ha visto Cándida?

—No... No se lo he enseñado.

Decidí probar suerte una vez más.

—¿Qué piensas de ese asunto del bastardo, Marta?

Juraría que estaba más pálida. Había acabado de colocar los cuadros y salimos juntos del trastero. Le pasé el brazo por los hombros; la sentía desgraciada y me hubiera gustado ayudarle.

—Me extraña que Cándida le haya dejado su coche. No lo deja nunca. No le importa hacer de chófer, pero no recuerdo que se lo haya dejado a nadie. No es una manía, en realidad lo tiene lleno de cosas personales: cartas, píldoras, raquetas de tenis, informes de enfermos... A Javi, a mi chico mayor, lo ha llevado muchas veces a Castro d'Ouro y a otros sitios, pero nunca se lo ha dejado.

—¿Te comentó ella algo de eso?

—No... sólo ha hablado con Javier.

Me sentía irritado por mis inútiles tentativas y decidí cortar.

—Y supongo que Javier no te ha comentado nada y por

132

tanto tú no tienes nada que comentarme a mí. Será mejor que vaya a ducharme.

Marta alzó hasta mí sus ojos sorprendidos.

—Javier no me ha dicho una sola palabra. En realidad no sé si han hablado a solas.

Sentí como si me pasaron un dedo helado por la espalda.

—¿Qué quieres decir?

Marta parecía buscar las palabras.

—Nada especial... ¿Nunca has tenido la sensación de que Javier y Cándida...? —sacudió la cabeza con impaciencia—. A veces, Javier sabe cosas de Cándida que yo no sé, y Cándida, de él. Es como si le conociera mejor que yo... pero no es una cuestión de psicología, creo. Verás, por ejemplo, cuando te pusieron la bomba en el despacho, Cándida sabía que Javier se iba para allá. Lo supo antes que yo. Javier dijo que no se lo había dicho, pero después, como yo insistí, se enfadó y dijo que quizá se lo hubiera comentado, que no era ningún secreto y que cómo iba a acordarse de todo lo que dice a todo el mundo... y no es la única vez, ¿entiendes lo que quiero decir?

Lo entendía muy bien. Era una vieja y conocida sensación. Marta parecía estar leyendo en mi cara.

—¿Tú lo has notado también?

—Cuando éramos estudiantes. Era algo que me irritaba bastante, pero quizá se trate de una especial intuición. A fuerza de discutir sobre todo, adivinan las reacciones del otro.

Marta parecía haber encontrado el camino de las confidencias y por primera vez desde mi llegada hablaba sin reservas. Al mismo tiempo, sus ojos no se separaban de mi cara, como si necesitara verificar mis palabras. Negó con firmeza.

—No, no es intuición. Saben cosas que no pueden adivinarse —levantó una mano para impedir que la interrumpiera—. Espera, con Cándida es más difícil, pero Javier, incluso llega a repetir frases que son de Cándida —pareció dudar un momento y continuó—. Cuando el asunto de Adolfo, toda la familia dio por buena la versión de que Cándida estaba haciéndole unas radiografías y que él "perdió la cabeza", ¿era así, no?, bueno, pues Javier dijo que vaya idea que se te había ocurrido, que todo el mundo sabía que Adolfo no tenía media bofetada y que a Cándida no se le echaba nadie encima sin su consentimiento. Eso fue exactamente lo que me dijo también Cándida y esa frase, "ni media bofetada", es algo que ella dice.

Se quedó esperando el efecto de sus palabras. No me hacía maldita la gracia que Javier y Cándida se dedicaran a criticar mis procedimientos, sobre todo teniendo en cuenta la mínima colaboración que ella me había prestado, y que siempre me encasquetaba a mí los asuntos más desagradecidos. Pero todavía me hacía menos gracia la actitud de Marta.

—No sé qué quieres demostrarme, Marta. Sois amigos desde la infancia y vivís en una ciudad pequeña donde lo difícil es no encontrarse por lo menos una vez al día. No veo nada raro en lo que cuentas.

Marta soltó una risilla nerviosa, extraña en ella.

—Supongo que si supieras que Cándida y Javier eran amantes no me lo dirías.

—Desde luego. ¿Es eso lo que piensas?

—No... Creo que Cándida tiene razón. Si se acostara con él, Javier no la admiraría tanto.

Era la vieja teoría de Cándida, que el *affaire* con Adolfo había actualizado. "Lo mejor para acabar con un amor platónico es llevárselo a la cama. Así se acababan las idealizaciones". Cándida escandalizaba al personal afirmando que los únicos amores eternos eran los no realizados. Nadie sabía qué había pasado de verdad entre Cándida y Adolfo; yo, tampoco. El cinismo de Cándida era demasiado llamativo: "A mí me daba lo mismo y Adolfo tenía unas ganas rancias. Desde que nos acostamos empezó a ver las virtudes de Amelia. Lo único malo es que ella se haya enterado, si no todo hubiera terminado felizmente". Lo único cierto es que Adolfo intentó por todos los medios mantener su matrimonio cuando estalló el escándalo y que Cándida hizo todo lo posible por ayudarle. La familia en bloque apoyó mi teoría de que se trataba de una locura momentánea y sólo Amelia se empecinó en la separación, con todo el odio que los Monterroso sacan a relucir en casos así. Pienso que no era casualidad que Marta recordara ahora aquella historia, pero algo en mi interior se negaba a admitir las sospechas sobre Cándida y Javier. No podría decir por qué.

—No irás a decirme que tienes celos retrospectivos.

—Siempre he tenido celos de Cándida.

Los dos nos quedamos mirándonos en silencio.

—Me siento mejor después de habértelo dicho. Siempre he pensado que, en cierto sentido, Cándida mantuvo a Javier a distancia porque sabía lo que significaba para mí —respiró hondo y sus mejillas enrojecieron, pero siguió mirándome a los ojos—. Y también pienso que, si Cándida lo hubiera querido, Javier no me hubiera querido a mí.

No puedo decir que yo pensara lo mismo porque era una de esas ideas que no llegan a formularse con claridad, pero que, cuando uno lo hace, es como si fuera una vieja idea. De todas formas, debía de haber una conexión con el presente.

—Puede que tengas razón, pero no se puede especular sobre el pasado. Los hechos son que tú y Javier habéis vivido felizmente juntos durante, ¿veinte años?

—Veintiuno —sonrió—. Puede que sea yo la que he

cambiado. Ahora me parecen mal cosas que antes me parecían bien, o mejor dicho, ahora veo cosas que antes se me escapaban, cosas que me horrorizan...

—¿Por ejemplo?

—Por ejemplo, lo del chico que ha muerto —se quedó un momento pensativa, como hablando consigo misma—. Sería poco mayor que mi Javi. Su compañero de cuarto, el que se fue cuando le dieron la paliza, volvió por aquí cuando se enteró de la muerte. Habló conmigo, estaba ansioso por decírselo a alguien y dudaba si ir a la policía. Asegura que no sabía conducir, que no tenía carné y que en su vida había cogido un coche.

—¿Llegó a hablar con Javier?

—Si... —el rostro de Marta se crispó—: Le disuadió de ir a la policía. Le dijo que si hubiera sabido conducir no se hubiera estrellado en aquel barranco.

Volví a acordarme de la escena de la Herradura. Yo la tenía cogida por el hombro, pero la pequeña Marta no iba a recibir ningún consuelo equívoco.

—Es una buena respuesta. No debes preocuparte, Marta. Todo sigue igual que siempre... Esa casa siempre ha sido una guarida de lobos, aunque tú hayas tardado tanto tiempo en darte cuenta.

No hablamos más. Me disponía a salir cuando llegó Javier. Me había afeitado, duchado y cambiado de camisa. Tenía la desagradable impresión de que se me había ido la mano con el Aqua Velva, pero no me gastaron ninguna broma. Marta le dijo que cenaba con Cándida. Yo tenía la seguridad de no haberle dicho con quién cenaba. Javier no hizo comentarios, me dio la llave del portal y me advirtió que no apagase la luz del pasillo al volver: "A veces el pequeño se despierta de hoche y, si no ve luz, grita". Otra impresión desagradable fue que a Javier mi salida no parecía hacerle ninguna gracia.

136

V I

M e detuve un momento en la plaza silenciosa. El tejado de la casona se recortaba contra un cielo rojizo y la luz del atardecer daba un tono más cálido a los viejos muros. Inevitablemente pensé en Marta, pero es una hermosa casa.

Crucé las grandes puertas y subí las escaleras de cantería con el pasamanos de piedra labrada. El mismo farol que apenas iluminaba el enorme portal, la misma puerta de caoba con la mirilla redonda y el borlón. Había también un timbre. Preferí tirar de la borla y oír el sonido lejano de la campanilla. Unos segundos después, el disco de la mirilla giró y permaneció abierto como si alguien me estudiara antes de decidirse a abrir. Se oyó la voz de Cándida.

—¿Qué desea?

Me estiré y engolé la voz.

—Deseo ver a doña Cándida Monterroso de Cela. He sido invitado.

Se oyó un increíble sonido de cerrojos y cadenas y finalmente Cándida abrió la puerta.

—Doña Cándida no está, pero yo soy su sobrina. ¿Le da lo mismo?

—Me da mejor.

Cándida me dio dos sonoros besos y se echó a reír.

—¡Cielos, qué aroma turbador!.

Era el Aqua Velva. Ella llevaba un traje de tela transparente, negro o quizá verde muy oscuro. Sólo se veían con claridad sus brazos. Lo demás era una serie de cortinas de telas flotantes y sutiles. Cogí con dos dedos uno de aquellos volantes y lo levanté.

—¿Cuántos quedan, princesa?

Se desprendió con una pirueta de baile.

—Siete, caballero, hay que respetar las tradiciones.

Me cogió del brazo y me llevó pasillo adelante.

—He estado tres horas en la cocina. Cenaremos pacíficamente y después —suspiró con exageración— podrás hacer el papel de Inquisidor o Fiscal Mayor del Reino. En el fondo siempre te han encantado esos papeles.

Aquel continuo vaivén de actitudes, de volantes verdes, de pelos rubios que me cosquilleaban en la nariz, de miradas que huían de las mías, me estaban poniendo nervioso. La cogí por un brazo, lo único que parecía sólido en aquel revoltijo de olas que era su persona.

—Te recuerdo que has sido tú la que has querido que viniera y que no me debes ninguna explicación.

Cándida empezó a hablar mirando, más o menos, la punta de mis zapatos y su mirada fue subiendo hasta encontrar la mía. Si era algo calculado, lo hizo a la perfección.

—Verás, tengo un amigo desde hace muchos años. Me ha sacado de dos o tres líos gordos y me ha ayudado en muchas ocasiones. Piensa que soy una especie de monstruo, pero no le importa, me ayuda lo mismo, lo único que quiere es saber la verdad. Es una manía. Él es inteligente y sabe muy bien que no hay una Verdad única, pero sigue empeñado —ahora sus ojos habían llegado a la altura de los míos y allí se quedaron—. Yo quiero conservar ese amigo... a cualquier precio.

Parecía sincera y en lo que a mí se refería estaba en lo cierto.

—De acuerdo... vamos a ver esa cena.

La cena era exquisita, desde el mantel bordado y los cubiertos de plata hasta los vinos de reserva. Había prescindido del viejo e imponente comedor y estábamos en una salita cercana a la cocina, quizá un antiguo office. Estaba amueblado en estilo moderno, muy distinto al resto de la casa, pero había detalles que mantenían la misma línea, como un viejo aparador de madera oscura y dos cuadros de Ramón de Castedo, que Cándida había heredado de su madrina. Había también dos cuadros de Marta, que representaban los mismos paisajes que los de su tío y que, con toda seguridad, le habían sido encargados por Cándida. Se dio cuenta de que los miraba.

—El mismo lugar y qué diferente. Mucha gente ni se da cuenta.

Sus palabras iban cargadas de intención y se ajustaban bien a la situación actual, pero la idea de reunir aquellas dos visiones tan distintas de un mismo paisaje respondía a una postura de Cándida sobre la realidad: "todo depende de quien lo cuente".

Uno era una vista de Castro d'Ouro desde el alto de Montouto,[34] rebosante de verdes luminosos en la versión de Marta y aplastado entre el gris plomizo del mar y del cielo, en la de Castedo. El otro no lo reconocía.

—Es la carballeira[35] que está por detrás del pazo de los Castedo. Por ahí bajaba D. Ramón a ver a mi madrina.

34. Se trata de un monte al sudeste de Galicia.
35. *carballeira:* Robledal.

139

Cualquiera diría que esperaba que lo asesinaran, o se lo comieran los lobos. Compáralo con el de Marta: ¡qué gloria de robles, dan ganas de echarse a descansar a su sombra!... Y, sin embargo, como pintura, son mejor los de su tío, es curioso... si no fuera por la firma estoy segura de que todo el mundo preferiría los de Marta. ¿Prefieres tomar café aquí o pasamos a la biblioteca?

—Aquí. Ha sido una cena magnífica. ¿La has hecho tú realmente?

Cándida asintió con cierta ingenua satisfacción muy poco habitual en ella.

—Mi madre decía siempre: "el que no lo sabe hacer no lo sabe mandar". Podría ganarme la vida como cocinera o ama de llaves —sonrió con picardía—. También decía: "el camino más corto para llegar al corazón de un hombre es el del estómago".

Estaba seguro de que la madre de Cándida no decía nada sobre posibles medios de seducción y me hubiera gustado olvidarme de aquella historia de la carta, el diario y el chico muerto. Me hubiera gustado coger aquel cable que me echaba, pero Cándida había acertado: cada uno tiene su precio.

Pasamos a la biblioteca. El fuego de la chimenea estaba encendido. Sólo tres días antes vivía plácidamente en una playa, con un bañador por toda vestimenta, dos noches antes había dormido con la ventana abierta esperando en vano la famosa brisa nocturna madrileña. En aquella habitación el tiempo parecía no existir: los ventanales con vidrieras, los techos altísimos, las cortinas de terciopelo oscuro, las estanterías de caoba, los libros encuadernados, la chimenea encendida. Podía ser cualquier día de cualquier mes, de cualquier año. Era una enorme estancia, anacrónica e impresionante. Me imaginé al bastardo de los Monterroso, encerrado allí día tras día, empapándose de aquel ambiente, de todo aquello que le había sido negado. Cándida señaló el fuego.

—Pensé que te gustaría. Yo estoy acostumbrada, pero los que vienen de fuera se quedan helados aquí.

La verdad era que, vencida la primera sensación de extrañeza, se agradecía el calor de la chimenea. Cándida encendió una lámpara en un extremo de la habitación junto a una de las paredes cubiertas de libros. Había una butaca moderna de piel negra con un taburete independiente para apoyar los pies. Junto a la chimenea, otros dos sillones frailunos de cuero también negro. Señaló con un gesto la butaca moderna.

—Ahí es donde leo por las noches. Alfonso ha tomado la casa por asalto, se ha quedado con la salita de estar como cuarto de estudio porque necesita luz para dibujar. Esto es un poco frío, pero a mí me gusta y con la chimenea se está bien.

El cuarto producía una impresión de frialdad que no era sólo física. No había un solo lugar donde dos personas pudieran sentarse juntas: los sillones separados por la chimenea, la butaca donde Cándida leía, la mesa de escritorio con su única silla de alto respaldo... todo creaba una impresión de soledad, de distanciamiento. Cándida empujó unos libros y una puertecilla disimulada en la estantería giró sobre sus goznes. Pensé que era un escondrijo ideal para unos papeles comprometedores. Sacó una copa y una botella.

—¿Un poco de coñac?

Me acomodé en uno de los sillones de la chimenea. Cándida dio un rodeo y se acercó a la mesa de escritorio.

—Trabajaba aquí —algo en su tono hizo innecesario que dijera a quién se refería—. Muchas tardes, cuando yo llegaba, él estaba tomando notas, revisando libros. No tenemos un fichero, sólo unas listas hechas por mi padre y

141

ni siquiera completas... Me parece imposible que haya muerto. Días y días viéndole aquí, silencioso, embebido en los libros de heráldica. Nunca he visto a nadie tratar con más delicadeza una cosa... Y también parece imposible todo lo que ha sucedido. A veces pienso que ha sido una pesadilla, que nunca estuvo aquí, que nunca existió. Los libros siguen en el mismo sitio, ni un papel, ni unas líneas, ni una fotografía, ni un amigo con quien hablar de él. Acaba de morir y es como si hiciera años que ha desaparecido. Todo sigue igual y cuando pasen unos meses, un año, será menos que una sombra, nadie recordará ni siquiera su nombre y entonces habrá muerto definitivamente.

Había tristeza en su voz y cansancio. Pero también algo más que yo me esforzaba en descifrar y que se me escapaba.

—Yo no estaría tan seguro. Ese chico tiene una familia y, que se sepa, si no surge alguien más, un compañero de cuarto que ha hablado con varias personas. Según como rueden las cosas, la historia puede traer cola.

Cándida negó suavemente, moviendo la cabeza.

—Cuando pasen unos meses, los fragmentos del diario no serán más que otras cuantas anécdotas sobre los Monterroso. No se acordarán ni de que las han leído en un periódico. Y en cuanto a él, ¿a quién puede interesarle la vida de un pobre estudiante desconocido?

—La vida, no. La muerte. Según dicen, Pablo no va a presentarse a las elecciones.

Cándida sonrió con aire sorprendido.

—¿Crees que no se presenta por lo del periódico? Esa historia del casino la sabe todo el mundo, hasta hay una leyenda de una Monterroso raptada por un moro con el consentimiento de los reyes castellanos —se echó a reír—. Por supuesto, no se la cree nadie, pero el color de Pablo es algo asimilado y aceptado. Se habla del estatuto de autonomía. Si no se presenta ahora, será porque se reserva para más altos menesteres. ¿De dónde has sacado esa idea?

—Javier asegura que si Pablo se mete en política, ellos moverán la historia del bastardo Monterroso.

Cándida vino a sentarse junto a mí al otro lado de la chimenea. Sobre su rostro, el reflejo de las llamas formaba una máscara movible.

—¡Pobre Javier! Añora los viejos tiempos. Ya no le torturan, ni le pegan, ni siquiera le ponen bombas. Debe de estar deseando reverdecer sus laureles de héroe de la libertad y la igualdad... lo malo es que ahora todo el mundo se ha subido a ese carro, al menos de boquilla... ¿Qué puede hacer? ¿Qué sabe él que pueda perjudicar a Pablo?

La conversación iba tomando el aspecto de las típicas discusiones de Cándida. El levísimo hilo de verdad que me había llevado allí se perdía cada vez más en una maraña que yo sabía por experiencia que podía hacerse inextricable. Decidí cortar en seco.

—¿Desde cuándo sabías que era tu hermano?

Su rostro se quedó lívido y sus manos se aferraron al sillón como si el suelo le faltara bajo los pies. Me alegré de que estuviera sentada para poder observarla a distancia. Se tomó un largo rato para contestar. Sus ojos miraban al fuego. No creo que pensara nada, sencillamente recuperaba el aliento. Los volantes del vestido se agitaban sobre su pecho y las aletas de la nariz se dilataban para coger aire. No cabía duda de que había sido un golpe bajo. La voz sonaba ronca y seguía sin mirarme.

—¿Quién te ha dicho eso?

Me acordé de nuestras peleas en Castro d'Ouro, cuando tenía que sujetarla hasta hacerle daño. Era difícil "ma-

143

tarla". Era demasiado inteligente. Quizá intentaba ganar tiempo, o quizás enterarse, si alguien más lo sabía. Muy inteligente. De pronto me encontré pensando que ella no se había servido coñac y que, tras mi enfermedad, una muerte repentina no causaría excesiva extrañeza. Yo también me tomé un ratito antes de contestar. El coñac tenía un inconfundible sabor a coñac francés y yo no era un pobre estudiante desconocido.

—Pareces olvidar que me has escrito una carta.

Cándida separó los ojos del fuego y me miró sin entender. Evidentemente, había escrito más de lo que quería escribir.

—Tu tío Alejo te dijo que podía ser de varios, incluso insinuó que era poco mayor que tu hijo, es decir, que podía ser de Juan —Cándida asintió con la cabeza—. También te dijo que cuando murió Don Leopoldo vosotros *estuvisteis* allí todo el verano... Cuando él te habló tú no sabías quién era el padre del "bastardo", pero cuando me escribiste, sí. En la enumeración de posibles combinaciones faltaba la más sencilla: "puede que esté acostándome con un hijo de mi marido, o con un sobrino o con el hijo de un primo carnal"... Estabas acostándote con tu hermano, Cándida, por eso no lo dijiste.

Permaneció un rato silenciosa, mirando al fuego. Después empezó a hablar lentamente.

—Era todo demasiado sórdido, Pedro —su voz sonaba cansada—. Mi madrina, aquella mujer solitaria y fría, era un ser maquiavélico, una enferma mental... Su diario está lleno de fantasías eróticas en torno a Arturo, el marido de mi tía abuela Aurora. Pero hay también una especial obsesión por las mujeres: comentarios casi siempre malévolos, pero una clara atracción por los cuerpos femeninos: se fijaba en los pechos, en el vientre, en las piernas y lo describe todo con complacencia, con minuciosidad... La

144

madre de Manuel —Cándida no pareció darse cuenta de
que era la primera vez que llamaba al muchacho por su
nombre— debió de ser su otra pasión inconfesable. Ella
ayudaba en la casa, lavaba la ropa. Todo parece la venganza de un loco. Debió de envenenar al niño durante
años con insinuaciones... era un odio antiguo, enraizado
en su vida...

—¿Te refieres a tu madrina o a la madre?

—A mi madrina, por supuesto. Su madre es una buena
mujer que no quiere jaleos con su marido ni con los otros
hijos. Manuel debió de ser para ella una fuente de problemas... cómo te diría, no se parecía nada a sus otros hermanos, era rubio, de ojos verdes... y, además, mi madrina debió de meterle aquella idea en la cabeza. Pero por
esas ironías de la vida, casi el único Monterroso que no
podía reconocerle era mi padre. Los muertos ya no se
ocupan de esas cosas.

—¿Qué pedía?, ¿qué quería, en definitiva? ¿Ser reconocido?

Cándida hizo un gesto negativo.

—La suya no era una postura racional. Lo que mi madrina le dejó no era un diario contemporáneo de los hechos, sino una especie de álbum de recuerdos, de evocaciones de cosas pasadas. Siendo de Cándida, y no cabe
duda de que lo era, hubiera sido una prueba decisiva si mi
padre viviera... En todo caso, los Monterroso siempre
han ayudado a sus hijos naturales. Mi padre no debía de
saber que era suyo, no sé, es raro. Fue mi madrina quien
pagó sus estudios y le dejó una manda en el testamento.
Pensamos que había sido porque su madre fue su doncella
en los últimos tiempos. De todas maneras, cuando Manuel llegó a esta casa sabía ya que mi padre había muerto
y que los papeles eran inútiles en ese sentido... No pedía

nada, sólo quería hacer daño. Hubiera querido destruirnos y, al mismo tiempo, ser uno de nosotros.

—¿Lo que publicó lo sacó de sus papeles?

—No. Encontró aquí el diario de Cándida y copió algunas partes —se levantó y se acercó a la butaca moderna—. Debió de encontrarlo por casualidad, los libros de historia están en la otra pared... Quizá se sentó aquí, en mi butaca, y entonces lo vio... Desde que entró en esta casa se fue pareciendo cada vez más a nosotros. Al comienzo tenía el aspecto de un hippy, barbudo, desaliñado. Después... un día lo confundí con Alfonso... tengo la impresión de que nos imitaba, quizá de forma involuntaria. Dejé de venir a la biblioteca cuando él estaba... se parecía cada vez más a Juan, al Juan de nuestra época de estudiante, cuando se venía aquí las vísperas de examen a empollar todo lo que no había estudiado durante el curso...

—En tu carta me decías que tenías miedo por él. ¿A qué te referías?

Por primera vez desde que entramos en el tema, Cándida meditó sus palabras. Hizo un gesto como quien se refiere a algo obvio.

—Era una locura, era tan disparatado que quizá por eso mismo estuvo a punto de conseguirlo. Cualquiera de nosotros, por separado, hubiéramos podido aplastarlo como a un mosquito molesto, y se enfrentó a toda la familia. No planteó siquiera la posibilidad de una negociación, de algo a cambio de algo. Quería borrar siglos de historia, decir al mundo que los Monterroso somos unos seres despreciables e indignos, adúlteros, tiránicos, homosexuales, degenerados...

—¿Asesinos?

Cándida se irguió.

—Los Monterroso nunca se han manchado las manos de sangre, lo sabes muy bien.

—Nunca os ha hecho falta.

Se acercó y me miró de frente.

—¿Qué quieres decir?

—Que siempre habéis tenido quien os hiciera los trabajos sucios.

Calculé mal. Esperaba una bofetada; fueron dos. Terminé el coñac y me encontré con una copa vacía en las manos y un calor en la cara nada agradable.

—Creo que será mejor que me vaya, pero antes escucha esto: como alguien quiera mover el asunto vais a necesitar un buen criminalista y poneros de acuerdo la familia. Si Pablo sospecha que has querido colocarle el muerto no va a hacerle ninguna gracia. Tu carta, supongo que lo sabes muy bien, sería una prueba muy fuerte contra Pablo. En ella hablas claramente de peligro de muerte, le atribuyes a Pablo el papel ejecutivo y te reservas a ti misma el de defensora del muchacho. Si de verdad querías hacer algo por él, tenías aquí a Javier, pero preferiste buscar a alguien que estaba a mil kilómetros y que llegaría, sin duda, tarde. Muy ingenioso; si le pasaba "algo" esa carta demuestra que tú intentaste protegerlo... Lo que ocurre es que ese chico estuvo en *tu* casa, era *tu* hermano y *tu* amante, *tú* eres la más perjudicada en el caso de reivindicaciones, *tú* fuiste a verle varias veces y hay, al menos, un testigo de ello: su compañero de cuarto. Espero que hayas calculado todo eso también. ¡Ah! La carta que me has escrito está en mi despacho, puedes disponer de ella como gustes.

Cándida me escuchaba en silencio. En su rostro, muy pálido, los ojos parecían irrealmente grandes. Me recordaban más que nunca las aguas profundas y peligrosas de la "cova do mar". Tomó la copa en la que yo había bebido y se sirvió una buena porción de coñac que apuró de un trago. No tiene costumbre de beber, quizá fue eso lo que llenó sus ojos de lágrimas que no llegaron a caer.

—Todavía puedes añadir un dato más, Pedro. Yo le quería, quería a ese chico que era mi hermano y que hubiera podido ser mi hijo... Además de un sórdido asesinato por motivos políticos y económicos pudo ser un sórdido crimen pasional.

Fue hasta la ventana y siguió hablando de espaldas a mí.

—Se mató. Ese era el peligro de muerte. Yo sabía que se estaba destruyendo al intentar destruirnos. Podía haber exigido muchas cosas, pero nunca lo planteó así. No pudo con nosotros y se volvió contra sí mismo... ¿Crees que lo hemos asesinado? —Cándida giró y me envolvió en una mirada de desprecio—, ¿lo metieron en mi propio coche, lo rociaron con alcohol y lo arrojaron por aquel barranco?, ¿o lo hice yo misma? Demasiado tosco, Pedro, y tú también pareces olvidar muchas cosas. Si ese diario seguía publicándose no seríamos los Monterroso los más interesados en hacerle callar. Si alguien, hoy, se decidiese a silenciar con un crimen los hechos pasados, no seríamos nosotros, serían todos aquellos que medraron y subieron al calor de los Monterroso, todos los que, amparados en ellos, consiguieron dinero y poder. Mi abuelo tenía detrás cinco siglos de historia y un concepto paternalista de la vida. Cuando un labrador o un marinero cruzaba las puertas del pazo sabía que iba a pedir, pero también sabía que nadie se iba de vacío. Pero no todos llegaban a la casona, más de uno se quedó en el camino porque había gentes interesadas en que el señor no supiera cómo se administraban sus tierras.

Hizo una pausa. Hubiera podido callarse, me hubiera sentido más a gusto.

—No lo digo por tu padre. Fue un hombre honesto y un servidor fiel...

—El tiempo de los fieles servidores ha pasado, Cándida... Te lo digo a título personal: debías buscar una coartada para explicar por qué dejaste las llaves de tu coche a un chico que no sabía conducir, y cómo llegó él hasta el barranco de la Xesta.

—¿Qué estás diciendo?

—Que hay una persona dispuesta a ir a la policía para contar que Manuel Fernández Loureiro no sabía conducir y, por tanto, no es probable que llegara por sus propios medios al sitio donde murió.

Cándida me cogió por las solapas como si fuera a zarandearme. Su voz era un sonido ronco entre los labios apretados.

—Estás mintiendo. Nadie se hubiera atrevido a hacerlo, ¿me oyes?, nadie... Dime que estás mintiendo.

—El chico que vivía con él se lo dijo a Javier.

Cándida vagaba por la enorme habitación, negando con la cabeza.

—No puede ser, no es cierto. No se hubieran atrevido... Tengo que hablar con ese chico... además Javier... él me lo habría dicho... tiene que haber un error.

—No ha sido Javier quien me lo ha contado, sino Marta.

—¿Marta?

—Sí. El muchacho habló con ella antes de hablar con Javier. Él lo disuadió de ir a la policía, le dijo más o menos que si hubiera sabido conducir no se hubiera caído por el barranco.

Mis palabras produjeron un efecto inmediato sobre Cándida. Se dejó caer en el sillón y algo como un gemido o una carcajada rota se escapó de su pecho.

—¡Marta! Dios mío, pobre Marta.

Apoyó la cabeza en el respaldo y cerró los ojos. Su voz sonaba muy cansada. Sólo en cierto modo hablaba conmigo.

—Lo que quiso decirte es que no fue un accidente... y que yo soy responsable... de todo. Ahora ha acertado. Yo lo maté.

Abrió los ojos, pero no me miró.

—No era a Pablo a quien más odiaba. En cierto modo se sentía identificado con él, comprendía que Pablo se enfureciera porque su situación siempre ha sido más difícil... No puedes entenderlo, no sé por qué pensé que tú lo entenderías y podrías ayudarle, por eso te escribí y te pedí que vinieras... Ha sido un error... Yo podía protegerle de mi familia, pero no podía salvarle de su odio... era una situación sin salida. A veces me besaba y sus manos se quedaban en mi cuello. Yo sabía que no lo haría, pero también sabía que jamás podría superar aquel odio que había sido la razón de su vida. Me negué a seguir viéndolo, le pedí que buscase un abogado, le sugerí tu nombre y el de Javier... fue inútil. Yo estaba dispuesta a que se llevase lo que le correspondía, pero no podía continuar así... El final ya lo sabes. Se presentó en el hospital y me pidió las llaves del coche; me las pidió con naturalidad como si yo fuera una vieja amiga de familia; no quería comprometerme, sólo quería que me sintiese culpable de su muerte... Era una mezcla de amor y odio que no puedes entender. Porque me quería... me quería, el amor le brotaba a pesar suyo, o quizá era el odio lo que se enredaba en él como una planta maligna. Yo también lo quería y le di las llaves, sabiendo lo que iba a hacer.

Se levantó despacio y fue hasta la mesa de escritorio. De un cajón sacó un sobre grande y lo arrojó a la chimenea. Siguió hablando mientras las llamas lo consumían.

—Me esperó hasta la noche. Cuando se convenció de que no volvería más, cogió mi coche y enfiló la carretera de Castro d'Ouro hasta el barranco de la Xesta. Eran las dos de la mañana y no había nadie. Cuando llegó allí sólo

Marina Mayoral con su marido el pintor Jordi Teixidor, en New York,
en 1986.

Marina Mayoral.

tuvo que acelerar y mantener el volante recto; era lo único que tenía que hacer y era lo mejor. Ahora todo ha pasado.

Los papeles en la chimenea eran un montoncillo de cenizas. Cándida lo esparció con la badilla. Después me miró.

—Eso es todo, Pedro. No preguntes más. No puedes entenderlo.

Sentí que se me revolvían por dentro todos los viejos rencores, todas las frustraciones arrastradas desde la infancia: "No puedes entenderlo". Caminó de nuevo hacia la ventana y se quedó allí mirando los cristales. Un gesto inútil. Quizá fue eso lo que me hizo hablar, aquella figura empeñada en mirar a través de unos cristales opacos.

—No puedo entenderlo. Tendría que haber vivido en un pueblo pequeño, en una aldea de labradores y marineros, de gentes que trabajan, que viven pendientes del tiempo: hay borrascas y no se puede ir a la mar, llovió por San Juan y se estropeó la cosecha, habrá que ir a pedir un aplazamiento, un préstamo, cruzar una vez más la gran cancela de hierro, atravesar las losas del patio, llegar a la fachada de piedra donde está el escudo de los Monterroso, del señor. Y así durante generaciones, su padre, y el padre de su padre y las mujeres que trabajan en la casa y las hijas guapas de los que trabajan para el señor... y notar que tu padre te quiere menos que a los otros hermanos y que tu madre te acaricia a hurtadillas y que a veces los otros niños se callan cuando tú apareces y que tus hermanos van al campo y a ti te mandan a estudiar y que nadie dice nada y tú estás cada vez más solo... ¡Cómo podría entenderlo!

Cándida se había vuelto hacia mí y me miraba con sus grandes ojos asombrados.

—Cómo podría entender que tú te conviertas en la imagen de todo lo prohibido, de todos los deseos imposibles. Tú eres la hija del señor y él es el hijo de Concha la del molino, de Carmen, de Matilde, siempre de su madre. Tú tienes la riqueza, el poder, la belleza. Tu pelo es el pelo más hermoso del mundo porque es el único que no podrá acariciar nunca, tus labios son los únicos que jamás le dirán te quiero, tu cuerpo es el cuerpo que más ha deseado...

Mis manos se habían deslizado sobre su pelo suave, habían rozado sus ojos y se habían cerrado sobre el cuello blanco y largo. Apreté despacio. Sentí sus palabras bajo mis dedos.

—Tú... no... Pedro, tú no eres...

Me reí sin ninguna alegría.

—No, yo no soy un Monterroso de Cela... sólo un fiel servidor que a veces reclama su soldada.

Sus ojos eran profundos y claros, irremediablemente verdes como las olas que invadían la "cova do mar". Sus labios estaban secos y fríos, pero su boca sabía a sal, a lágrimas, a mar.

Sonaban las campanas de San Francisco.[36] Candida se echó por encima una especie de pijama chino de seda roja. Sus movimientos eran lentos y armoniosos, su voz tranquila.

—Mi primo Jacobo dice la misa del alba en San Francisco, las primeras beatas estarán ya vistiéndose. Vete. No quiero que haga penitencia por la salvación de mi alma.

A través del espejo vi cómo recogía mi corbata, alisán-

---

36. Se refiere a un conjunto de convento e iglesia del centro de Santiago. El convento de San Francisco fue fundado por el propio Santo, que peregrinó a la ciudad jacobea en el siglo XIII. La iglesia actual, construida en estilo neoclásico, data de la segunda mitad del siglo XVIII.

dola con las manos. Tuve la impresión de que la acariciaba. Nuestros ojos se encontraron y entonces hizo un nudo en el aire, como si estrangulase a alguien. Me acerqué despacio. Pensé que después de lo sucedido no me rechazaría; no lo hizo. Fui yo el que se detuvo a la altura de su brazo, extendido para alargarme la corbata.

—¿Qué piensas hacer?

—¿Hacer? Voy a tomarme unos días de descanso... Tú también debías descansar, Pedro —sonrió con un poco de burla—. Debes volver cuanto antes a Madrid o a ese "lugag en el extranjego".

—¿Es un consejo médico o un aviso?

—Mi especialidad no es la psiquiatría. Digamos que es el consejo de una vieja amiga.

Encajé el directo con mi mejor sonrisa.

—Gracias, princesa. Si te trinca la poli ya sabes donde encontrarme.

Las campanas de San Francisco volvieron a llamar. Me acompañó hasta la puerta y se quedó allí mientras bajaba. Silbó con suavidad. Tenía un codo apoyado en el quicio y la otra mano en la cadera, exageradamente quebrada. El pelo rubio caído sobre la cara me impedía vérsela, pero la voz sonó cálida.

—Reza si sabes... forastero.

El cielo era gris plomo y hacía frío. Miré una vez más el sólido caserón y bajé despacio hasta el Obradoiro.[37] Las calles estaban desiertas, sin coches, sin gente. Podía ser una mañana cualquiera de hace cien años, doscientos...

A mediodía llamé a Herda.

—Asunto concluido. Espérame esta noche... por favor.

---

37. *Obradoiro:* Trabajada en oro. Se llama así a la fachada principal de la Catedral de Santiago de Compostela, de estilo churrigueresco, y que fue erigida por Fernando Casas y Novoa entre 1738-1750.

153

Apéndice[38]

P edro se levantó con impaciencia y encendió un cigarrillo. Se irritó al advertir que los contaba, que desde la marcha de Herda era él quien llevaba la cuenta de
los pitillos diarios. Pedro se repitió, una vez más, que había sido ella quien había roto. Él se había limitado a admitir que el otro trabajo era más interesante para ella,
desde un punto de vista profesional, y, después, se había
retirado discretamente cuando, al llamarla por la noche a
su apartamento, una voz de hombre le dijo que esperase
un momento. Pedro admitía que, cuando Herda planteó
la posibilidad de dejar el despacho, él experimentó una
mezcla de irritación y alivio, eso que Herda llamaba sus
"contradicciones" y que, en ese caso, era algo perfectamente racionalizable y comprensible. Le irritaba por lo
que tenía de ocultación, de maniobra a sus espaldas,
¿cuándo se lo habían propuesto?, ¿dónde?, ¿en qué circunstancias?, sin contar, además, con que esas ofertas

38. Este comienzo del capítulo XIV de la novela *Al otro lado* retoma el
final de *Cándida, otra vez,* y lo continúa, dando una explicación a la entrega
de Cándida a Pedro. Ilustra, a su vez, los métodos compositivos de Mayoral,
el gusto por retomar hilos novelescos de narraciones anteriores.

nunca son desinteresadas, pero, en fin, eso era lo de menos, ella era libre y podía disponer libremente de su trabajo y de su vida, le irritaba que no le hubiera siquiera mencionado el hecho hasta que fue una realidad. En cuanto al alivio, era algo obvio; Herda le hacía objeto de una dedicación-entrega-tutela que a ratos podía resultar agobiante. No era sólo una manía ordenadora, ni siquiera el férreo control que ejercía sobre cualquier persona que se acercara al despacho (al fin, eso entraba de alguna manera en sus prerrogativas de secretaria). Lo peor era que esa misma actitud la ejercía respecto a lo que Pedro consideraba su "vida privada". Al comienzo le había divertido y hasta conmovido aquel intento de aproximación y entendimiento. Herda era mucho más joven y provenía de una educación y un ambiente muy distintos... Pero con un esfuerzo que, al comienzo, Pedro había calificado de admirable, Herda había penetrado en la vida de sus amigos, de una forma que a Pedro le había sorprendido, admirado y agobiado, sucesivamente. Herda se había hecho amiga de todos sus amigos... con la única excepción de Cándida, porque incluso con Marta, su prima, había hecho amistad y había intervenido en la exposición de sus cuadros en Madrid, en la Galería de Silvia y Alexis. Sólo con Cándida se había estrellado y en ese punto, como en todo lo que se refería a su vinculación a los Monterroso de Cela, Herda no entendió nada. Pedro no se lo reprochaba, admitía que su relación con la familia de antiguos aristócratas era bastante confusa como para que Herda, o cualquier otra persona que no hubiera vivido sus circunstancias, no la entendiera. Le irritaba el empeño de Herda de analizarlo y reducirlo a pautas de conducta que a ella le resultasen familiares: "¿eran unos caciques?". Pues no, estaban por encima de los caciques. Pero tampoco eran "unos mecenas", aunque, de hecho, hubieran protegido a mucha gente. Ni eran sólo "terratenientes". "¿Franquistas?", pues, bueno, sí, pero en realidad señores feudales, los que mandan desde hace siglos, mejor dejarlo, Herda, no vas a entenderlo, "estructuras socio-económicas arcaicas", probablemente es eso. Y era todavía peor el análisis psicológico que el último asunto con Cándida había vuelto a resucitar. Las observaciones de carácter general se fueron haciendo más y más particulares —"Javier tiene razón, tu sitio está allí, hay en ti contradicciones que provienen de esa ruptura"—. Cuando les pusieron la bomba en el despacho, Javier había trasladado sus reales a Madrid, abandonando su propio despacho en Santiago. Durante una temporada había vuelto a ser el héroe revolucionario de sus años juveniles, había organizado unos cacaos impresionantes que Pedro juzgaba innecesarios, y, para colmo, Herda le había sonsacado a placer. Entonces habían empezado a ir mal las cosas. Toda persona, pensaba Pedro, tiene su reducto íntimo que no debe ser violentado, sobre todo con una técnica heredada de las SS. Pedro entendía que a ella le molestarán sus "infidelidades", a toda mujer le irrita ser preterida, aunque sea de forma temporal y esporádica, eso formaba parte de la dialéctica de la pareja, y Pedro disculpaba sus malos humores. Pero lo que no podía tolerar era aquel deseo de Herda de indagar en su pasado y en su presente, de querer saberlo todo. Su intervención en el caso del bastardo de los Monterroso que apareció muerto en el coche de Cándida, había sido otro motivo de roce, más serio de lo que a primera vista pudiera parecer. Cuando Pedro llamó a Herda, para devolverle las llaves del apartamento y quedar como personas civilizadas, ella soltó parte de lo que Pedro llamaba "el veneno de la convivencia", algo que conocía sobradamente por experiencia propia y ajena, esos rencores que se van acumulando, creando pus, y que se sueltan en los momentos finales, para dejar al otro lo más jodido posible. Allí había salido Cándida a relucir. Pedro lo había dejado pasar. Inútil, totalmente inútil intentar explicar sus sentimientos hacia los Monterroso de Cela y hacia Cándida, en particular. No lo había intentado nunca. Eran sentimientos que se remontaban tan atrás como sus primeros recuerdos de los juegos en "a cova do mar", las peleas en el puente del "pasatempo" y las romerías al Obispo Santo. Sentimientos antiguos y siempre ambivalentes. Pedro recordaba la primera vez que en el Instituto le hablaron de la Revolución Francesa. Era un profesor alto y muy delgado que había sido seminarista. De aquella explicación, Pedro sólo había retenido que los aristócratas franceses eran conducidos al cadalso en carretas y que, según decía el ex-cura, afilando aún más su cara descolorida y levantando en alto una mano escuálida y fina, quizá no muy distinta a la de los aristocráticos reos, "aquellas damas de la corte, aquellos altos personajes, aquellas princesas, condes, duques y grandes señores, subían las escaleras del cadalso abrochándose altivamente un guante de encaje". Recordaba también lo de la mujer desnuda que "el populacho" coronó como la Diosa Razón, y la frase lapidaria con que acabó la clase: "a estas profanaciones llevó aquel nefasto lema de Libertad, Igualdad, Fraternidad". Pedro tardó aún bastante tiempo en enterarse de lo que había sido la Revolución Francesa, pero, desde entonces, siempre se había imaginado ésa, y todas las revoluciones, como una procesión de carretas cargadas de aristócratas hacia el cadalso. Y en sus sueños, aquellos aristócratas tenían el pelo rubio y los ojos claros, verdes, de los Monterroso de Cela. Aquélla había sido una de sus fantasías infantiles más repetidas. Se veía a sí mismo, tocado con el gorro frigio, como el grabado del libro escolar y armado de una larga espingarda, avizorando el paso de las carretas y la caída vertiginosa de la guillotina: ¡zas!, una cabeza rubia, ¡zas!, otra. Cándida siempre iba a aquellas carretas, a veces se abrochaba, altiva y desdeñosa, un guante de encaje, otras veces dejaba caer una mirada de desprecio sobre la multitud, antes de que su cabeza rodara desprendida, como la de su antepasado el Mariscal Pardo de Cela. Pero, alguna vez, Pedro aparecía en el último instante, cuando ya Cándida avanzaba erguida y pálida hacia la hoja fatídica, se abría paso a caballo entre la multitud, la cogía de la cintura, y galopaba con ella, dejando atrás a "la turba y el populacho", sorprendidos. Ahí se acababa la fantasía, nunca había imaginado lo que pasaba después. Ahora sí podía imaginarlo. Los Monterroso de Cela sabían pagar sus deudas y no discutían jamás un precio. Pedro se preguntaba todavía qué había pagado Cándida, aquella noche. No era sólo su silencio sobre la muerte del muchacho, ni cualquier otra de sus intervenciones como abogado, de eso estaba seguro. Era algo mucho más lejano y retorcido, pero también, de alguna manera, más hermoso. Cándida le pagaba aquella aparición a caballo ante las guillotinas del Terror. Cándida sabía que, de cien revoluciones soñadas por Pedro, en noventa y nueve ella se abrocharía altivamente un guante, en un último signo de desdén hacia el chico del gorro frigio que anhelaba ver rodar su cabeza. Pero también sabía que, una vez entre cien, ese chico cruzaría a caballo la plaza, rompería todas las barreras del odio y del tiempo y cabalgarían juntos en la noche. Y entonces ella le pagaría precisamente con esa noche, que era una noche de siglos, de amores y de odios, de deseo, de libertad, de igualdad y de fraternidad, la rubia princesa de los ojos verdes y el revolucionario del gorro frigio...

Índice de Láminas

ESTE LIBRO
SE TERMINÓ DE IMPRIMIR EL
DÍA 23 DE ABRIL DE 1992
FESTIVIDAD DE SAN JORGE